हिन्द पॉकेट बुक्स

हमारे राष्ट्रीय खेल

हॉकी, कुश्ती, क्रिकेट, टेनिस, कबड्डी

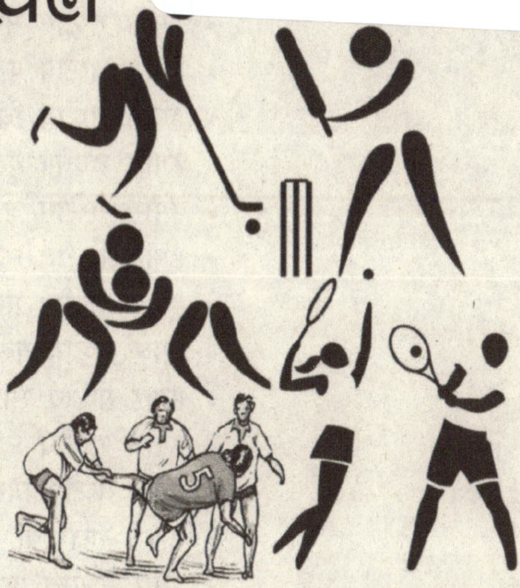

वैसे तो हमारा राष्ट्रीय खेल हॉकी माना जाता है, क्योंकि हॉकी ने ही सारी दुनिया में हमारी धाक जमाई और हमें गौरव दिलाया, लेकिन आप जानते ही हैं कि कुश्ती, क्रिकेट, टेनिस और कबड्डी की गिनती भी हमारे राष्ट्रीय खेलों में होती है।

बच्चों और किशोरों के लिए इस पुस्तक में इन राष्ट्रीय खेलों के इतिहास और खेलने के नियमों, खेल के सामान और मैदानों आदि के बारे में प्रकाश डाला गया है

इस सचित्र पुस्तक को पढ़िए और खेलना सीखकर अपना नाम रोशन कीजिए।

लेखक की अन्य पुस्तकें

- हमारा राष्ट्रीय पुष्प कमल
- हमारा राष्ट्रीय पक्षी मोर
- हमारा राष्ट्रीय गीत
- हमारी राष्ट्रीय संस्कृति वैदिक
- हमारा राष्ट्रीय फल आम
- हमारा राष्ट्रीय चिह्न अशोक चक्र
- हमारा राष्ट्रीय वृक्ष बरगद
- हमारी राष्ट्रीय जलचर डॉल्फिन
- हमारी राष्ट्रीय नदी गंगा
- हमारा राष्ट्रीय ग्रंथ गीता
- हमारे राष्ट्रीय पर्व और दिवस
- हमारे राष्ट्रीय स्मारक
- हमारा राष्ट्रीय ध्वज तिरंगा
- हमारे राष्ट्रीय विरासत स्थल
- हमारी राजभाषा हिन्दी
- हमारे नेशनल पार्क
- लोकप्रिय बाल गीत
- हमारे देशभक्ति गीत
- हमारे राष्ट्रीय गीत
- शहीदों के अमर गीत
- महाभारत की कहानियाँ
- पुराणों की कहानियाँ
- रामायण की कहानियाँ
- बेताल पचीसी, दो भागों में
- महापुरुषों का बचपन
- महाराणा प्रताप
- बहादुर बेटी मलाला

सुरुचिपूर्ण एवं उपयोगी जानकारियां

हमारे राष्ट्रीय खेल

हॉकी, कुश्ती, क्रिकेट, टेनिस, कबड्डी

तेजपाल सिंह धामा

हिन्द पॉकेट बुक्स
पेंगुइन रैंडम हाउस इम्प्रिंट

हिन्द पॉकेट बुक्स

यूएसए | कनाडा | यूके | आयरलैंड | ऑस्ट्रेलिया | सिंगापुर
न्यू ज़ीलैंड | भारत | दक्षिण अफ्रीका | चीन

हिन्द पॉकेट बुक्स, पेंगुइन रैंडम हाउस ग्रुप ऑफ़ कम्पनीज़ का हिस्सा है,
जिसका पता global.penguinrandomhouse.com पर मिलेगा

पेंगुइन रैंडम हाउस इंडिया प्रा. लि.,
चौथी मंजिल, कैपिटल टावर -1, एम जी रोड,
गुड़गांव-122002, हरियाणा, भारत

पेंगुइन
रैंडम हाउस
इंडिया

प्रथम हिन्दी संस्करण हिन्द पॉकेट बुक्स द्वारा 2014 में प्रकाशित
यह हिन्दी संस्करण हिन्द पॉकेट बुक्स में पेंगुइन रैंडम हाउस द्वारा 2022 में प्रकाशित

10 9 8 7 6 5 4 3 2

ISBN 9789353491093

मुद्रकः रेप्रो इंडिया लिमिटेड

www.penguin.co.in

MIX
Paper from responsible sources
FSC® C047271

This is a legitimate digitally printed version of the book and therefore might not have certain extra finishing on the cover.

क्रम

हमारे राष्ट्रीय खेल

राष्ट्रीय महत्व के अन्य खेल

हमारा राष्ट्रीय खेल हॉकी है, लेकिन आधुनिक युग में क्रिकेट सबसे अधिक लोकप्रिय हो गया है। सचिन तेंदुलकर को क्रिकेट का भगवान कहा जाने लगा है।

हमारा राष्ट्रीय खेल
हॉकी

हॉकी भारत का राष्ट्रीय खेल है। हॉकी में भारत की अंतर्राष्ट्रीय स्तर पर विशेष पहचान रही है। मेजर ध्यानचंद ने हॉकी को लोकप्रिय बनाने में विश्व में अपना महत्वपूर्ण योगदान दिया है, जिसे भुलाया नहीं जा सकता। भारत में हॉकी सदियों से खेला जाता है, यही कारण है कि भारत ने इसे राष्ट्रीय खेल घोषित करके विशिष्ट सम्मान दिया है। यह एक ऐसा खेल है जिसमें दो टीमें लकड़ी या कठोर धातु या फाइबर से बनी विशेष लाठी (स्टिक) की सहायता से रबर या कठोर प्लास्टिक की गेंद को अपनी विरोधी टीम के नेट या गोल में डालने की कोशिश करती हैं। हॉकी का प्रारम्भ वर्ष 2010 से 4,000 वर्ष पूर्व ईरान में हुआ था। इसके बाद बहुत से देशों में इसका आगमन हुआ, पर उचित स्थान न मिल सका। अन्त में इसे भारत में विशेष सम्मान मिला और यह राष्ट्रीय खेल बन गया। भारत में इसका आरम्भ कई सदियों पहले हुआ था।

11 खिलाड़ियों के दो विरोधी दलों के बीच मैदान में खेले जाने वाले इस खेल में प्रत्येक खिलाड़ी मारक बिंदु पर मुड़ी हुई एक छड़ी (स्टिक) का

इस्तेमाल एक छोटी व कठोर गेंद को विरोधी दल के गोल में मारने के लिए करता है। बर्फ में खेले जाने वाले इसी तरह के एक खेल आईस हॉकी से भिन्नता दर्शाने के लिए इसे मैदानी हॉकी कहते हैं। हॉकी के विस्तार का श्रेय, विशेषकर भारत और सुदूर पूर्व में, ब्रिटेन की सेना को है। अनेक अंतर्राष्ट्रीय प्रतियोगिताओं के आह्वान के फलस्वरूप 1971 में विश्व कप की शुरुआत हुई। हॉकी की अन्य मुख्य अंतर्राष्ट्रीय प्रतियोगिताएं हैं – ओलम्पिक, एशियन कप, एशियाई खेल, यूरोपियन कप और पैन-अमेरिकी खेल। दुनिया में हॉकी कई प्रकार से खेली जाती है – फील्ड हॉकी, बर्फ हॉकी, रोलर हॉकी, स्लेज हॉकी, गली हॉकी।

इतिहास

हॉकी खेल का उद्गम सदा से ही विवाद का विषय रहा है। एक मत के अनुसार ईसा से दो हजार वर्ष पूर्व हॉकी का खेल फारस में खेला जाता था। यह खेल आधुनिक हॉकी से भिन्न था। वैसे पांच हजार साल पहले हॉकी जैसा ही खेल गिंदू टोरा भारत में भी खेला जाता था, जिसका उल्लेख महाभारत में आता है।

कुछ समय बाद यह खेल कुछ परिवर्तित होकर यूनान (वर्तमान ग्रीस) पहुंचा, जहां यह इतना प्रचलित हुआ कि यह यूनान की ओलंपिक प्रतियोगिता में खेला जाने लगा। धीरे-धीरे रोमवासियों में भी इस खेल के प्रति रुझान बढ़ा और रोम ने भी यूनान के ओलंपिक में इसे खेला। हॉकी की शुरुआत आरंभिक सभ्यताओं के युग से मानी जाती है। हॉकी खेलने के अरबी, यहूदी, फारसी और रोमन तरीके रहे और दक्षिण अमेरिका के एजटेक इंडियनों द्वारा छड़ी से खेले जाने वाले एक खेल के प्रमाण भी मिलते हैं। आरंभिक खेलों हर्लिंग और शिंटी जैसे खेलों के रूप में भी हॉकी को पहचाना गया है। मध्य काल में छड़ी से खेला जाने वाला एक फ्रांसीसी खेल हॉकी प्रचलित था और अंग्रेजी शब्द की उत्पत्ति शायद इसी से हुई

है। 19वीं शताब्दी के प्रारंभिक वर्षों में भारत में इस खेल के विस्तार का श्रेय मुख्य रूप से ब्रिटिश सेना को जाता है और एक स्वाभाविक परिणाम के रूप में यह खेल छावनी नगरों व उसके आसपास तथा युद्धप्रिय समझे जाने वाले लोगों और सैनिकों के बीच फला-फूला है। सैनिक छावनियों वाले सभी नगर, जैसे लाहौर, जालंधर, लखनऊ, झांसी, जबलपुर भारतीय हॉकी के गढ़ थे। मगर इस खेल को विभाजन-पूर्व भारत की कृषि प्रधान भूमि के मेहनती और बलिष्ठ पंजाबियों ने स्वाभाविक रूप से सीखा। अंग्रेजी विद्यालयों में हॉकी खेलना 19वीं शताब्दी के उत्तरार्द्ध में शुरू हुआ और दक्षिण-पूर्वी लंदन के ब्लैकहीथ में पुरुषों के पहले हॉकी क्लब का विवरण 1861 की एक विवरण-पुस्तिका में मिलता है। पुरुषों की मैदानी हॉकी को 1908 और 1920 में ओलम्पिक खेलों में खेला गया और 1928 से इसे स्थायी तौर पर ओलम्पिक में शामिल कर लिया गया।

आधुनिक युग में पहली बार ओलंपिक में हॉकी 29 अक्तूबर, 1908 में लंदन में खेली गई। इसमें छह टीमें थीं। 1924 में ओलपिंक में अंतर्राष्ट्रीय कारणों से यह खेल शामिल नहीं हो सका। ओलंपिक से हॉकी के बाहर हो जाने के बाद जनवरी, 1924 में अंतर्राष्ट्रीय हॉकी संघ (इंटरनेशनल हॉकी फेडरेशन) की स्थापना हुई। हॉकी का खेल एशिया और भारत में सबसे पहले खेला गया। पहले दो एशियाई खेलों में भारत को खेलने का अवसर नहीं मिल सका, किन्तु तीसरे एशियाई खेलों में भारत को पहली बार ये अवसर हाथ लगा। हॉकी में भारत का प्रदर्शन काफी अच्छा रहा है। भारत ने हॉकी में अब तक ओलंपिक में आठ स्वर्ण, एक रजत और दो कांस्य पदक जीते हैं। स्वतंत्र भारत ने इसे अपना राष्ट्रीय खेल भी घोषित किया है। इसके बाद भारत ने हॉकी में अगला स्वर्ण पदक 1964 और अंतिम स्वर्ण पदक 1980 में जीता। 1928 में एम्सटर्डम में हुए ओलंपिक में भारत ने नीदरलैंड को 3-0 से हराकर पहला स्वर्ण पदक जीता था। 1936 के

खेलों में जर्मनी को 8-1 से मात देकर विश्व में अपनी खेल क्षमता सिद्ध की। 1928, 1932 और 1936 के तीनों मुकाबलों में भारतीय टीम का नेतृत्व हॉकी के जादूगर नाम से प्रसिद्ध मेजर ध्यानचंद ने किया। 1932 के ओलपिंक में हुए 37 मैचों में भारत द्वारा किए गए 330 गोल में ध्यानचंद ने अकेले 133 गोल किए थे। दुनिया में अन्य खेल भी हॉकी से जन्मे हैं, जैसे बांडी, फर्शबॉल, रिंक हॉकी, शिन्नी, वायु हॉकी, जल हॉकी, मेज हॉकी, सड़क हॉकी, झाड़ू बॉल (ब्रूम बाल)।

ध्यानचंद

महिला हॉकी

विक्टोरियाई युग के खेलों में महिलाओं पर प्रतिबंध होने के बावजूद महिलाओं में हॉकी की लोकप्रियता बहुत बढ़ी। यद्यपि 1895 से ही महिला टीमें नियमित रूप से मैत्री प्रतियोगिताओं में भाग लेती रही थीं, लेकिन गंभीर अंतर्राष्ट्रीय प्रतियोगिताओं की शुरुआत 1970 के दशक तक नहीं हुई थी। 1974 में हॉकी का पहला महिला विश्व कप आयोजित किया गया और 1980 में महिला हॉकी ओलम्पिक में शामिल की गई। 1927 में अंतर्राष्ट्रीय नियामक संस्था, इंटरनेशनल फेडरेशन ऑफ विमॅन्स हॉकी एसोसिएशन का निर्माण हुआ था। 1901 में अमेरिका में कांसटेंस एम.के. एप्पेलबी द्वारा इस खेल की शुरुआत हुई और मैदानी हॉकी धीरे-धीरे यहां की महिलाओं में लोकप्रिय मैदानी टीम खेल बन गई व विद्यालयों, महाविद्यालयों तथा क्लबों में खेली जाने लगी।

नियम

लंदन स्थित एक क्लब टेडिंगटन ने कई मुख्य परिवर्तनों की शुरुआत की, जिसमें हाथों का प्रयोग या छड़ी को कंधों से ऊपर उठाने पर प्रतिबंध, रबर की घनाकार गेंद के स्थान पर गोलाकार स्वरूप के प्रयोग शामिल थे। सबसे महत्त्वपूर्ण था मारक चक्र को अपनाना, जिसे 1886 में लंदन में स्थापित तत्कालीन हॉकी एसोसिएशन ने अपने नियमों में शामिल किया था। दल के सामान्य संयोजन में पांच खिलाड़ी फॉरवर्ड, तीन हाफबैक, दो फुलबैक और एक गोलकीपर होते हैं। एक खेल में 35 मिनट के दो भाग होते हैं, जिनमें 5 से 10 मिनट का अंतराल होता है। केवल चोट लगने की दशा में खेल रोका जाता है। गोलकीपर मोटे मगर हल्के पैड पहनता है और उसे 30 गज के घेरे (डी) में गेंद को पैर से मारने अथवा उसे पैरों या शरीर की मदद से रोकने की इजाजत होती है। अन्य सभी खिलाड़ी गेंद को केवल स्टिक से ही रोक सकते हैं। मैदान के केंद्र से पास-बैक द्वारा, जिसमें एक खिलाड़ी अपनी टीम के अन्य खिलाड़ियों की ओर गेंद फेंकता है, गेंद पुनः

उस तक पहुंचाई जाती है, खेल प्रारंभ होता है। किसी को चोट लगने पर या तकनीकी कारण से खेल रुकने पर, दोनों दलों द्वारा क्रमशः एक-एक पेनल्टी करने पर या खिलाड़ियों के कपड़ों में गेंद के उलझने पर खेल को फिर से शुरू करने के लिए फेस-ऑफ या बुली का प्रयोग किया जाता है। फेस-ऑफ में दोनों टीमों के एक-एक खिलाड़ी आमने-सामने खड़े होते हैं और गेंद उनके बीच मैदान पर होती है। एक के बाद एक जमीन पर आघात करने के बाद दोनों खिलाड़ी एक-दूसरे की स्टिक को आपस में तीन बार टकराते हैं, प्रत्येक खिलाड़ी गेंद को मारने का प्रयास करता है और इस प्रकार खेल फिर से शुरू हो जाता है। गेंद के मैदान से बाहर जाने की दशा में खेल को फिर से शुरू करने के विभिन्न तरीके हैं। हॉकी में कई तरह की गलतियां (फाउल) होती हैं। किसी खिलाड़ी को मैदान में गेंद से आगे रहकर और विरोधी दल के दो खिलाड़ियों से कम खिलाड़ियों के आगे रहकर लाभ उठाने से रोकने के लिए बनाए गए ऑफ साइड नियम को 1996 के ओलम्पिक खेलों के बाद समाप्त कर दिया गया। गेंद से खेलते समय हॉकी को कंधों से ऊपर उठाना नियमों के विरुद्ध है। गेंद को हॉकी से रोकना उसी तरह की गलती है, जैसी गेंद को शरीर या पैरों से रोकना। अंडरकटिंग के साथ ही विरोधी की हॉकी में अपनी हॉकी फंसाकर (हुकिंग) गेंद को तेजी से ऊपर उछालते हुए खेल को खतरनाक बनाना भी गलत है। अंत में अवरोधन का नियम है। एक खिलाड़ी को अपनी

स्टिक या शरीर के किसी भी भाग को अपने विरोधी और गेंद के बीच लाकर अवरोध खड़ा करने अथवा विरोधी व गेंद के बीच से दौड़कर बाधा डालने की अनुमति नहीं है। अधिकतर गलतियों की सजा विरोधी दल को, जिस स्थान पर नियम तोड़ा गया, वहां से एक फ्री हिट के रूप में दी जाती है। खेल के प्रत्येक भाग के लिए एक निर्णायक (रेफरी) होता है।

गेंद – हॉकी में इस्तेमाल होने वाली यह गेंद मूलतः क्रिकेट की गेंद थी, लेकिन प्लास्टिक की गेंद भी अनुमोदित है। इसकी परिधि लगभग 30 सेमी होती है।

हॉकी स्टिक – हॉकी स्टिक लगभग एक मीटर लंबी और 340 से 790 ग्राम होती है। स्टिक का चपटा छोर ही गेंद को मारने के लिए इस्तेमाल किया जाता है।

मैदान

यह खेल चौकोर मैदान पर 11 खिलाड़ियों वाले दो दलों के बीच खेला

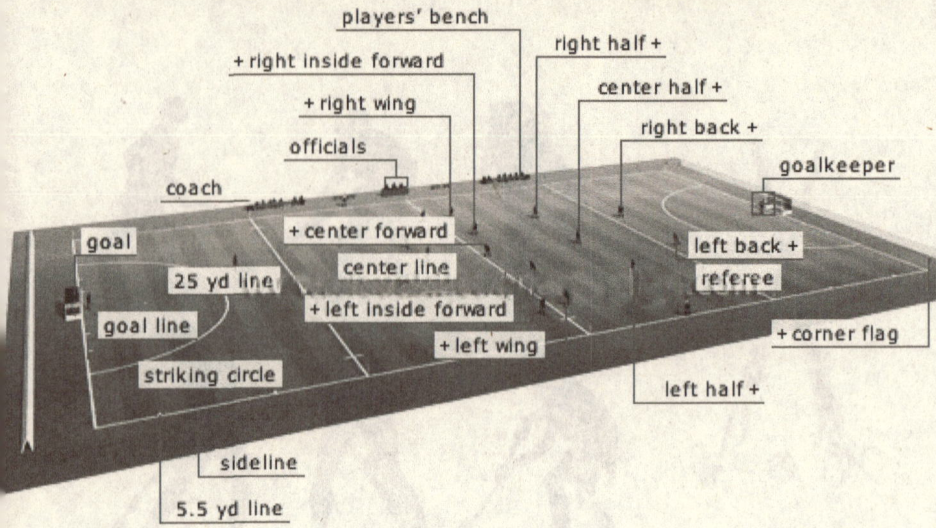

जाता है। यह मैदान 91.4 मीटर लंबा और 55 मीटर चौड़ा होता है, इसके केंद्र में एक केंद्रीय रेखा व 22.8 मीटर की दो अन्य रेखाएं खिंची होती हैं। गोल की चौड़ाई 3.66 मीटर व ऊंचाई 2.13 मीटर होती है।

भारत में हॉकी

भारत में यह खेल सबसे पहले कलकत्ता में खेला गया। भारत टीम का सर्वप्रथम वहीं संगठन हुआ। 26 मई को सन् 1928 में भारतीय हॉकी टीम प्रथम बार ओलिम्पिक खेलों में सम्मिलित हुई और विजय प्राप्त की। 1932 में लॉस एंजेलिस ओलम्पिक में जब भारतीयों ने मेजबान टीम को 24-1 से हराया, तब से अब तक की सर्वाधिक अंतर से जीत का कीर्तिमान भी स्थापित हो गया। 24 में से 19 गोल दो भाइयों ने किए, रूपसिंह ने 11 गोल दागे और ध्यानचंद ने शेष गोल किए। 1936 के बर्लिन ओलम्पिक में इन भाइयों के नेतृत्व में भारतीय दल ने पुनः स्वर्ण पदक जीता, जब उन्होंने जर्मनी को हराया। बर्लिन ओलम्पिक में ध्यानचंद असमय बाहर हो गये और द्वितीय विश्व युद्ध ने भी इस विश्व स्पर्द्धा को बाधित कर दिया। आठ वर्ष के बाद ओलम्पिक की पुनः वापसी पर भारत की विश्व

हॉकी चैंपियन की स्थिति में कोई परिवर्तन नहीं आया। एक असाधारण कार्य, जो विश्व में कोई भी अब तक दुहरा नहीं पाया है, भारत ने करके दिखाया। अन्य टीमों के उभरने के संकेत सर्वप्रथम मेलबोर्न में दिखाई दिए, जब भारत को पहली बार स्वर्ण पदक के लिए संघर्ष करना पड़ा। पहले की तरह, टीम ने अपनी ओर एक भी गोल नहीं होने दिया और 38 गोल दागे, मगर बलबीर सिंह के नेतृत्व में खिलाड़ियों को सेमीफाइनल में जर्मनी के विरूद्ध और फाइनल में पाकिस्तान के विरुद्ध संघर्ष करना पड़ा। सेमीफाइनल में कप्तान के गोल ने निर्णय किया, जबकि वरिष्ठ रक्षक आर.एस. जेंटल के बनाए गोल ने भारत की अपराजयता को बनाए रखा। फाइनल में भारत ने पाकिस्तान को हराया। रोम ओलम्पिक में पाकिस्तान ने फाइनल में 1-0 से स्वर्ण जीतकर भारत की बाजी पलट दी। भारत ने पाकिस्तान को 1964 के टोकियो ओलम्पिक में हराया। 1968 के मेक्सिको ओलम्पिक में पहली बार भारत फाइनल में नहीं पहुंचा और केवल कांस्य पदक जीत पाया। मगर मेक्सिको के बाद, पाकिस्तान व भारत महान का आधिपत्य टूटने लगा। 1972 के म्यूनिख ओलम्पिक में दोनों में से कोई भी टीम स्वर्ण पदक जीतने में सफल नहीं रही और क्रमशः दूसरे व तीसरे स्थान तक ही पहुंच सकी। मुख्य रूप से भारत में हॉकी के पारंपरिक केंद्रों के अलावा अन्य स्थानों पर लोगों की रुचि में तेजी से गिरावट आई और इस पतन को रोकने के प्रयास भी कम ही किए गए। इसके बाद भारत ने केवल एक बार 1980 के संक्षिप्त मॉस्को ओलम्पिक में स्वर्ण पदक जीता। टीम का अस्थिर प्रदर्शन जारी रहा। इसके बाद 1998 के एशियाई खेलों में स्वर्ण पदक की प्राप्ति भारतीय हॉकी का एकमात्र बढ़िया प्रदर्शन था। ऐसे बहुत कम अवसर रहे, जब कौशल ने शारीरिक सौष्ठव को हराया, अन्यथा यह बारंबार बहुत कम अंतर से हार और गोल चूक जाने का मामला रहा है। यद्यपि भारत अब विश्व हॉकी में एक शक्ति के रूप में नहीं गिना जाता, पर हाल के वर्षों में यहां ऐसे कई खिलाड़ी हुए हैं, जिनके कौशल

की बराबरी विश्व में कुछ ही खिलाड़ी कर पाते हैं। अजितपाल सिंह, वी. भास्करन, गोविंदा, अशोक कुमार, मुहम्मद शाहिद, जफर इकबाल, परगट सिंह, मुकेश कुमार और धनराज पिल्लै जैसे खिलाड़ियों ने अपनी आक्रामक शैली की धाक जमाई है, जो काबिले तारीफ है।

भारत में हॉकी के गौरव को पुनर्जीवित करने के गंभीर प्रयास हुए हैं। भारत में तीन हॉकी अकादमियां कार्यरत हैं – नई दिल्ली में एयर इंडिया अकादमी, रांची (झारखंड) में विशेष क्षेत्र खेल अकादमी, ऐर राउरकेला (उड़ीसा) में स्टील अथॉरिटी ऑफ इंडिया लिमिटेड (सेल) अक़ादमी। इन अकादमियों में प्रशिक्षार्थी हॉकी को प्रशिक्षण के अलावा औपचारिक शिक्षा भी जारी रखते हैं और मासिक वृत्ति भी पाते हैं। प्रत्येक अकादमी ने योग्य खिलाड़ी तैयार किए हैं, जिनसे आने वाले वर्षों में इस खेल में योगदान की आशा है।

क्रिकेट के प्रति दीवानगी के बावजूद विद्यालयों और महाविद्यालयों में हॉकी के पुनरुत्थान से नई पीढ़ी में इस खेल के प्रति रुचि जागृत हुई है। प्रतिवर्ष राजधानी में होने वाली नेहरू कप हॉकी प्रतियोगिता जैसी प्रतिस्पर्द्धाओं में उड़ीसा, बिहार और पंजाब के विद्यालयों, जैसे सेंट इग्नेशियस विद्यालय, राउरकेला, बिरसा मुंडा विद्यालय, गुमला और लायलपुर खालसा विद्यालय, जालंधर द्वारा उच्च स्तरीय हॉकी का प्रदर्शन देखा गया है। 2010 राष्ट्रमंडल खेलों में भारत ने रजत पदक हासिल किया और हॉकी में अपना बेहतरीन प्रदर्शन करते हुए खूब मनोरंजन भी किया।

ओलम्पिक में भारत

हॉकी के खेल में भारत ने हमेशा विजय पाई है और देश का नाम स्वर्ण अक्षरों में लिखा है। इस स्वर्ण युग के दौरान भारत ने 24 ओलम्पिक मैच

खेले और सभी 24 मैचों में जीत कर 178 गोल बनाए तथा केवल 7 गोल छोड़े। भारत के पास 8 ओलम्पिक स्वर्ण पदकों का उत्कृष्ट रिकॉर्ड है। भारतीय हॉकी का स्वर्णिम युग 1928-56 तक था, जब भारतीय हॉकी दल ने लगातार 6 ओलम्पिक स्वर्ण पदक प्राप्त किए। 1928 तक हॉकी भारत का राष्ट्रीय खेल बन गई थी और इसी वर्ष एमस्टर्डम ओलम्पिक में भारतीय टीम पहली बार प्रतियोगिता में शामिल हुई। भारतीय टीम ने पांच मुकाबलों में एक भी गोल दिए बगैर स्वर्ण पदक जीता। जयपाल सिंह की कप्तानी में टीम ने, जिसमें महान खिलाड़ी ध्यानचंद भी शामिल थे, अंतिम मुकाबले में हॉलैंड को आसानी से हराकर स्वर्ण पदक जीता।

भारतीय हॉकी संघ के इतिहास की शुरुआत ओलम्पिक में अपनी स्वर्ण गाथा शुरू करने के लिए की गई। इस गाथा की शुरुआत एमस्टर्डम में

1928 में हुई और भारत लगातार लॉस एंजेलस में 1932 के दौरान तथा बर्लिन में 1936 के दौरान जीतता गया और इस प्रकार उसने ओलम्पिक में स्वर्ण पदकों की हैट्रिक प्राप्त की, जो काफी सराहनीय है।

किशनलाल के नेतृत्व में दल ने लंदन में स्वर्ण पदक जीता। भारतीय हॉकी दल ने 1975 में विश्व कप जीतने के अलावा दो अन्य पदक (रजत और कांस्य) भी जीते।

भारतीय हॉकी संघ ने 1927 में वैश्विक संबद्धता अर्जित की और अंतरराष्ट्रीय हॉकी संघ (एफआईएच) की सदस्यता प्राप्त की। भारत को 1964 टोकियो ओलम्पिक और 1980 मॉस्को ओलम्पिक में दो अन्य स्वर्ण पदक प्राप्त हुए। 1962 में कांस्य पदक और 1980 में स्वर्ण पदक प्राप्त किया और देश का नाम ऊंचा कर दिया।

बर्लिन में आयोजित ओलम्पिक 1936 में हॉकी के स्वर्ण पदक पाने वाली भारतीय टीम

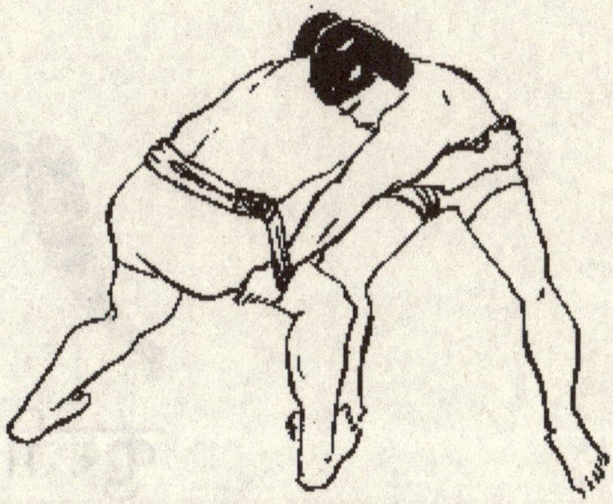

राष्ट्रीय महत्व के अन्य खेल

बच्चों! आप जान गए हैं कि हॉकी हमारा राष्ट्रीय खेल है और इसमें हमने अब तक क्या-क्या उपलब्धियां हासिल की हैं। लेकिन राष्ट्रीय महत्व के कई अन्य खेल हैं, जिनमें भी भारत ने न केवल महारत हासिल की है, वरन् हमारे खिलाड़ियों ने बेहद ही महत्वपूर्ण उपलब्धियां हासिल करके हमारा सिर हमेशा से ऊंचा किया है। यहां कुछ राष्ट्रीय महत्व के खेलों का वर्णन हम दे रहे हैं, ताकि आप खेलों की दुनिया से अवगत हो जाएं –

कुश्ती

कुश्ती संभवतः भारत का सबसे पुराना खेल है और प्राचीन काल में इस खेल को सबसे अधिक प्रतिष्ठा प्राप्त थी। इसे मल्लयुद्ध के नाम से जाना जाता था। आजकल तो मल्लयुद्ध के नाम से शायद ही कोई प्रतिस्पर्धा होती हो, लेकिन कुश्ती विश्वभर में आज भी प्रसिद्ध है।

भारत में कुश्ती ने रामायण, महाभारत और मुगल काल से लेकर सुशील कुमार के ओलंपिक-2008 खेलों में कांस्य पदक जीतने तक एक लम्बा सफर तय किया है। आइए उन पहलवानों पर नजर डालते हैं, जिन्हें लगभग हर भारतीय भली-भांति जानता है और खुद पर गर्व महसूस करता है।

13वीं शताब्दी के मल्ल पुराण में आधुनिक कुश्ती या पहलवानी के प्राचीन स्वरूप मल्ल युद्ध का उल्लेख मिलता है। रामायण में वानरराज बाली को मल्ल युद्ध का सबसे वीर योद्धा बताया गया है। बाली ने अपने बल से रावण जैसे पराक्रमी राजा को मल्ल युद्ध में पराजित किया था। रामायण के बाद महाभारत युग में भी एक से बढ़कर एक महाबली पहलवान हुए हैं। महाभारत में मल्ल युद्ध का सबसे बड़ा योद्धा महाबली भीम को बताया गया है। वहीं जरासन्ध और बलराम भी मल्ल युद्ध विशेषज्ञ थे।

पहलवानों का स्वतंत्रता आंदोलन में योगदान

दिल्ली के चारों ओर 125 कोश के घेरे में गुप्तकाल के बाद से जब यौधेयगुण क्षीण हो गया था, तब सब खापों का संगठन बिखर गया था उस समय तत्कालीन राजा हर्षवर्धन ने कन्नौज में सभी खापों के पंचों को इकट्ठा करके एक संगठन बनाया और इस संगठन का नाम सर्वखाप पंचायत रखा था। ये पंचायत देश की रक्षा के लिए मल्लों को प्रोत्साहन देती थी और गांव-गांव में अखाड़े खोले गए थे। तब से लेकर स्वतन्त्रता प्राप्ति तक प्राचीन हरियाणा के ये पंचायती मल्ल सैनिक अवैतनिक रूप से अर्थात् बिना वेतन लिये देशसेवा करते आए हैं। दिल्ली में बाबा समेराम की समाधि पर प्राचीन काल से ही मल्लों के लिए अखाड़ा बना हुआ था और मल्ल जोर आजमाइश करते रहते थे। ग्राम पंचायत की ओर से इन मल्लों को सर्वथा पुष्टिकारक घी-दूध में पका हुआ भोजन खीर-पूड़े दिए जाते थे। जबकि इनके सम्मुख लड़ने वाले शत्रुओं के सैनिक वेतनभोगी अर्थात् भाड़े के टट्टू कहलाते थे, इसी कारण से उनमें आत्मबल का अभाव होने से वे हार जाते। औरंगजेब के अत्याचारों से मुक्ति दिलाने में सर्वखाप के मल्लों अर्थात् पहलवानों का योगदान अतुलनीय है।

सिखों के गुरु गुरु गोबिन्द सिंह ने इन्दारपुर के पहाड़ पर एक साल तक लगातार वीर हवन यज्ञ किया था और देश के वीरों का आह्वान किया, तब देश के असंख्य पहलवान अर्थात मल्ल योद्धा वहां पर उपस्थित थे। पहाड़ी राजाओं की सेना के साथ जब गुरु गोबिन्द सिंह के विरुद्ध औरंगजेब ने अपनी सेनाएं भेजीं, तब गुरु गोबिन्द सिंह का एक पत्र लेकर एक साधु सर्वखाप पंचायत के स्थान पर आया। तब हरियाणा पंचायत की ओर से पंचायत के 1200 मल्ल सैनिक साधुओं के भेष में गुरु जी की सेना में जा मिले। गुरु गोबिन्द सिंह के पास उस समय अपने पांच हजार सैनिक थे। गुरु जी ने अपने ओजस्वी भाषण में कहा कि बलिदान देने वाले वीर आगे आ जायें और जिन्हें अपना परिवार प्यारा हो वे अपने घर लौट जायें। इस कथन पर दो हजार लोग वापस लौट गए थे। परन्तु हरियाणा की पंचायत के 1200 मल्ल वीरों ने वहीं अपने 6 नेता चुने और यह प्रतिज्ञा की : "हम अपने शरीर का अंग-अंग देशहित में कटवा देंगे परन्तु पीठ नहीं दिखलायेंगे।" वे 6 पहलवान ये थे : सेवाराम जाट, मेधाराम गूजर, कल्लू सिंह रोड़, श्योनखश अहीर, धोकल कोली जाट और सरजू भंगी। उन बारह सौ (1200) वीरों में से छः सौ (600) जाट मल्ल, तीन सौ (300) गूजर मल्ल, दो सौ (200) अहीर सैनी मल, चालीस (40) रोड़, बीस (20) राजपूत, बीस (20) ब्राह्मण, दस (10) कहार और तीस

(30) दूसरे मल्ल थे। बाद में कई युद्धों में मल्लों ने सिख गुरुओं का साथ दिया और पहलवानी की महत्ता को सार्थक करके माता के दूध का कर्ज अदा किया।

बंदा वैरागी की सेना में भी मल्ल अर्थात पहलवानों ने अखाड़ों की परम्परा निभाते हुए भारत माता का कर्ज अदा किया और देश के लिए बलिदान दिए। वीर बन्दा बैरागी ने गढ़मुक्तेश्वर में बैशाख बदी दौज को सं. 1764 वि. में अपनी अध्यक्षता में एक सभा बुलाई थी। इस पंचायती सभा में जनसंख्या बहुत अधिक थी। इस सभा का विवरण :

सभा का निर्णय – वीर बन्दा बैरागी की सहायता के लिए 28000 पैदल मल्ल सेना तथा 12000 अश्वारोही मल्ल योद्धा दिये गए।

प्रधान सेनापति – इस मल्ल सेना का प्रधान सेनापति जगमोहन जाट बनाया गया था। यह बाल-ब्रह्मचारी युद्ध-कला में प्रवीण, तेजस्वी क्षत्रिय था, झपट्टा-मार युद्ध में अति निपुण था, 32 युद्धों में विजय पा चुका था। जाट संघ में उत्पन्न था। इसके माता-पिता बहुत सदाचारी थे। इसके पिता का नाम धारासिंह और माता का नाम दलीपकौर था। यह हरियाणा का विकट योद्धा धुरन्धर वीर था।

उपसेनापति – इस गढ़मुक्तेश्वर सभा में अमीचन्द गूजर को उपसेनापति बनाया था, जो तीव्र युद्ध करने वाला स्फूर्तवान नौजवान था। विशाल हरियाणा की इस पंचायती सेना में जाट, गूजर, अहीर, सैनी, रोड़, राजपूत, तगा, बामण, भंगी तथा नाई धानक भी थे।

लेखक – उपरोक्त गढ़मुक्तेश्वर सभा तथा इन दोनों सेनापतियों का हाल मुन्शी प्रेमसुख कायस्थ ने लिखा है। इस युद्ध के लेखक अलग हैं। वीर बन्दा बैरागी के नेतृत्व में इन सेनापतियों और पंचायती मल्लों ने शाही

सेनाओं को सहारनपुर, ननोता, नजीबाबाद, मुरादाबाद, जलालपुर, तरावड़ी और सरहिन्द आदि स्थानों पर 11 युद्धों में हराया था। इन युद्धों के लेखक रामलाल भाट तथा साबिर अली मुन्शी थे।

युद्ध का वर्णन – वीर बन्दा बैरागी ने सहारनपुर को विजय करने के पश्चात् ननोता का युद्ध किया था, जिसमें प्रधान सेनापति जगमोहन को ननोता विजय करने के लिए भेजा था। इसने और अमीचन्द ने ननोते को घेरकर तीव्र आक्रमण किया। शत्रु सेना की ओर से ननु खां मुकाबले में लड़ने को आया। बहुत घमासान युद्ध हुआ। पंचायती मल्ल सेना ने बड़े उत्साहपूर्वक शत्रुओं को अपने पराक्रम दिखाए और शत्रु सेना को गाजर-मूली की भांति काट फेंका। पापियों को ढूंढ़-ढूंढ़ कर मारा। उनके साथ नो सौ (900) शेखजादे, पठान भी मारे गए। शत्रु के सारे जवान मार दिए, परन्तु स्त्री, बालक और वृद्धों को कुछ भी नहीं कहा। इनका नाममात्र भी निरादर नहीं किया। ननोता जीत लिया। इसके पश्चात् नजीबाबाद, मुरादाबाद और जलालपुर भी चढ़ाई करके जीत लिए।

सर्वखाप पंचायत के मल्लों से औरंगजेब आतंकित हो उठा था, इसलिए उसने सर्वखाप पंचायत के मुखिया राय हरिराय को पैगाम भेजकर उसे अपने दरबार में बुलाया। 1670 में सर्वखाप पंचायत की ओर से 21 श्रेष्ठ पहलवानों का एक प्रतिनिधिमंडल औरंगजेब से मिला। इस प्रतिनिधि मंडल में जो वीर शामिल थे, उनके नाम हैं – राव हरिहर राय, धूम सिंह, फूल सिंह, शीशराम, हरदेवा, रामलाल, बलिराम, मालचंद, हरपाल, नवलसिंह, गंगाराम, चंदू राम, हर सहाय, नेतराम, हरवंश, हरदेव, मनसुख, मूलचंद, रामनारायण, भोला और हरद्वारी।

औरंगजेब ने इन पर बहुत दबाव डाला कि वे मुसलमान बन जाएं और सर्वखाप अपने निर्देशन में हिन्दुओं को मुसलमान बनाने का कार्यक्रम चलाए।

इसके बदले सर्वखाप के मुखिया को राजा की पदवी से सम्मानित करने एवं मनसबदारी देने का लोभ दिया गया। लेकिन सर्वखाप के प्रतिनिधि अपना धर्म छोड़ने को तैयार नहीं हुए। इस पर क्रुद्ध होकर औरंगजेब ने कार्तिक कृष्ण दशमी के दिन सर्वखाप के इन 21 नेताओं को फांसी देकर हमेशा के लिए अमर बना दिया। इन 21 नेताओं का प्रामाणिक पूरा जीवन चरित्र सर्वखाप पंचायत के कार्यालय में सदियों से अब तक सुरक्षित है।

कालांतर में आंग्ल काल में भी कुश्ती, अखाड़े और मल्ल बहुत लोकप्रिय रहे हैं। 1857 में खेकड़ा के विश्व प्रसिद्ध महारम पहलवान ने कुश्ती के ऐसे जौहर दिखाए कि अंग्रेज बहुत प्रभावित हुए और उन्हें कुछ मांगने को कहा, तो पहलवान ने कुछ उन बागियों को छुड़वा दिया था, जिन्होंने प्रथम स्वतंत्रता संग्राम में अंग्रेजों के खिलाफ हथियार उठाए थे।

स्वतंत्र भारत में हिन्द केसरी मास्टर चंदगीराम, महाबली पहलवान सतपाल जी सहरावत, पंजाब के पहलवान करतारसिंह, दारासिंह जैसे प्रसिद्ध सर्वखाप के मल्ल अर्थात पहलवानों ने भारत का नाम स्वर्ण अक्षरों में अंकित किया है।

कहा जाता है कि भारत का मल्ल युद्ध जब फारस और मंगोल संस्कृति की कुश्ती से मिला, तो आधुनिक भारतीय पहलवानी की शुरूआत हुई। भारत के गामा पहलवान और गोबार गोहो इसी पहलवानी के ऐतिहासिक नाम हैं। भारत में पहलवान, कुश्ती के अखाड़ों में लाल मिट्टी पर जोर-आजमाइश करते हुए तैयार होते हैं। भारतीय कुश्ती का सबसे बड़ा खिताब रुस्तम-ए-हिंद है। अपराजित भारतीय पहलवान को रुस्तम-ए-हिंद के खिताब से नवाजा जाता है।

आधुनिक खेलों में भारतीय पहलवानों का डंका सर्वप्रथम 1962 में जकार्ता में हुए चौथे एशियाई खेलों में बजा। भारत की ओर से इन खेलों

में सात पहलवानों ने हिस्सा लिया था और सातों पदक जीतकर लौटे। भारत के इन सात पहलवानों ने ग्रीको रोमन और फ्री स्टाइल कुश्ती में भारत के लिए 12 पदक जीते।

वर्ष 1970 में गुरु चंदगीराम ने एशियाई खेलों में भारत के लिए स्वर्ण पदक जीता। चंदगीराम न सिर्फ अपनी पहलवानी के लिए मशहूर हुए, बल्कि उन्होंने मार्शल आर्ट्स में भी खूब पहचान बटोरी। फिर 1982 के दिल्ली एशियाड में सतपाल सिंह ने स्वर्ण पदक जीतकर धूम मचा दी। सतपाल सिंह

हिन्द केसरी मास्टर चंदगीराम

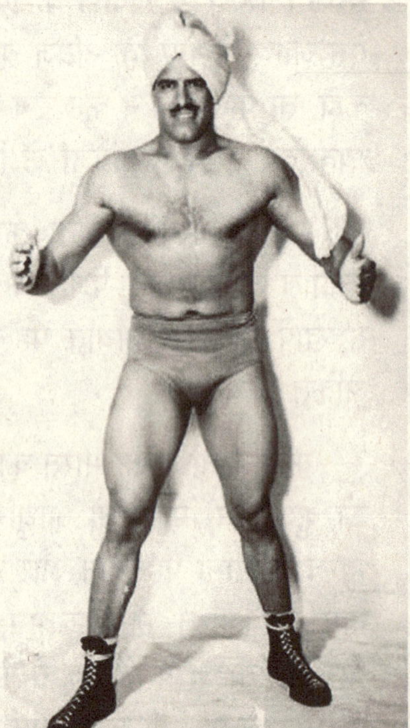

दारासिंह

गोबार गोहो

गामा पहलवान

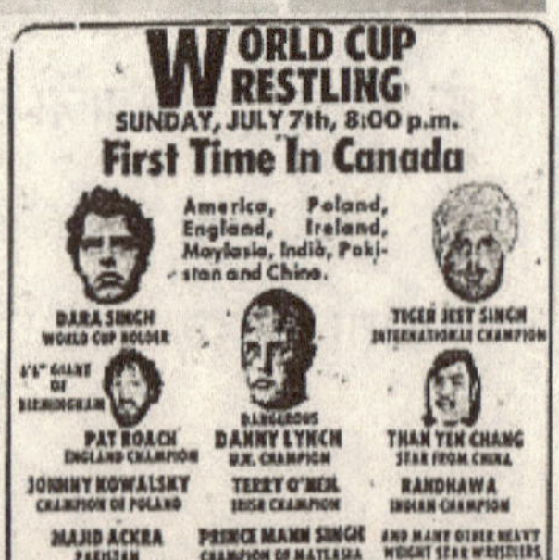

ने कई ओलंपिक खेलों में भारत का स्वयं प्रतिनिधित्व किया है और आज उन्हीं के शिष्य सुशील कुमार ने बीजिंग ओलंपिक में भारत के लिए कांस्य पदक जीतकर पूरे भारत को जश्न मनाने का एक और मौका दिया है। भारतीय पहलवान सुशील कुमार ने आधुनिक खेलों के 29वें संस्करण बीजिंग ओलंपिक-2008 में कांस्य पदक जीतकर भारत का नाम समूचे विश्व में रोशन किया है।

सुशील कुमार

क्रिकेट

क्रिकेट आजकल भारत में सबसे अधिक लोकप्रिय खेल बन चुका है। भारत ही नहीं विश्व में क्रिकेट के करोड़ों अरबों दीवाने हैं, लेकिन हमारे देश में क्रिकेट के प्रति जुनून सिर चढ़कर बोल रहा है। महाभारत काल में जितना प्रसिद्ध खेल गिल्ली डंडा हुआ करता था, आजकल उतना ही लोकप्रिय खेल भारत में क्रिकेट हो चुका है। बच्चों! आपने टेलीविजन पर क्रिकेट खेलते हुए खिलाड़ी देखे ही होंगे। आपको याद होगा बल्लेबाज को गेंदबाजी करता हुआ एक गेंदबाज। मैदान के मध्य स्थित पट्टी क्रिकेट पिच है। पिच के प्रत्येक किनारे पर लकड़ी के तीन स्टम्पों व दो गुल्लियों के समूह को विकेट कहा जाता है तथा सफेद रेखाएं क्रीज कहलाती हैं।

बच्चों! सबसे पहले क्रिकेट 16वीं शताब्दी में खेला गया था। इसमें प्रत्येक दल में 11 खिलाड़ी होते हैं। क्रिकेट एक बल्ले और गेंद का दलीय खेल है, जिसकी शुरुआत दक्षिणी इंग्लैंड में हुई थी। इसका सबसे प्राचीन निश्चित संदर्भ 1598 में मिलता है और अब यह 100 से अधिक देशों में खेला जाता है। क्रिकेट के कई रूप हैं, इसका उच्चतम स्तर टेस्ट क्रिकेट है, जिसमें वर्तमान प्रमुख राष्ट्रीय टीमें भारत, ऑस्ट्रेलिया, दक्षिण अफ्रीका, इंग्लैण्ड, श्रीलंका, वेस्टइंडीज, न्यूजीलैण्ड, पाकिस्तान व बांग्लादेश हैं।

वरीयता में टेस्ट क्रिकेट के बाद एक दिवसीय अंतरराष्ट्रीय क्रिकेट को

गिना जाता है, जिसका 2011 क्रिकेट विश्वकप भारत ने जीता था। इस टूर्नामेंट को 200 से अधिक देशों में टेलीविजन पर दिखाया गया था और इसे अनुमानतः 2 बिलियन से अधिक दर्शकों ने देखा था। एक क्रिकेट मुकाबले में 11 खिलाड़ियों के दो दल होते हैं। इसे घास के मैदान में खेला जाता है, जिसके केन्द्र में भूमि की एक समतल लम्बी पट्टी होती है, जिसे पिच कहते हैं। विकेट लकड़ी से बनी होती हैं, जिसे पिच के प्रत्येक सिरे में लगाया जाता

है और उसका प्रयोग एक लक्ष्य के रूप में किया जाता है। गेंदबाज क्षेत्ररक्षण टीम का एक खिलाड़ी होता है, जो गेंदबाजी के लिए एक सख्त चमड़े की मुट्ठी के आकार की 5.5 औंस या 160 ग्राम क्रिकेट की गेंद को एक विकेट के पास से दूसरे विकेट की और डालता है, जिसे विपक्षी टीम के एक खिलाड़ी बल्लेबाज के द्वारा बचाया जाता है।

आमतौर पर गेंद बल्लेबाज के पास पहुंचने से पहले एक बार टप्पा खाती है। अपने विकेट की रक्षा करने के लिए बल्लेबाज लकड़ी के क्रिकेट के बल्ले से गेंद को खेलता है। इसी बीच गेंदबाज की टीम के अन्य सदस्य मैदान में क्षेत्ररक्षक के रूप में अलग अलग स्थितियों में खड़े रहते हैं, ये खिलाड़ी बल्लेबाज को दौड़ बनाने से रोकने के लिए गेंद को पकड़ने का प्रयास करते हैं और यदि सम्भव हो तो उसे आउट करने की कोशिश करते हैं। बल्लेबाज यदि आउट नहीं होता है, तो वो विकेटों के बीच में भाग कर दूसरे बल्लेबाज गैर स्ट्राइकर से अपनी स्थिति को बदल सकता है, जो पिच के दूसरी ओर खड़ा होता है। इस प्रकार एक बार स्थिति बदल

लेने से एक रन बन जाता है। यदि बल्लेबाज गेंद को मैदान की सीमारेखा तक हिट कर देता है तो भी रन बन जाते हैं। स्कोर किए गए रनों की संख्या और आउट होने वाले खिलाड़ियों की संख्या मैच के परिणाम को निर्धारित करने वाले मुख्य कारक हैं। यह कई बातों पर निर्भर करता है कि क्रिकेट के खेल को खत्म होने में कितना समय लगेगा। पेशेवर क्रिकेट में यह सीमा हर पक्ष के लिए 20 ओवरों से लेकर 5 दिन खेलने तक की हो सकती है। खेल की अवधि के आधार पर विभिन्न नियम हैं, जो खेल में जीत-हार अनिर्णीत (ड्रॉ) या बराबरी (टाई) का निर्धारण करते हैं।

क्रिकेट मुख्यतः एक बाहरी खेल है और कुछ मुकाबले कृत्रिम प्रकाश या फ्लड लाइट्स में भी खेले जाते हैं। उदाहरण के लिए गरमी के मौसम में इसे संयुक्त राजशाही, ऑस्ट्रेलिया, न्यूजीलैंड और दक्षिण अफ्रीका में खेला जाता है, जबकि वेस्ट इंडीज, भारत, पाकिस्तान, श्रीलंका और बांग्लादेश में ज्यादातर मानसून के बाद सर्दियों में खेला जाता है।

मुख्य रूप से इसका प्रशासन दुबई में स्थित अंतर्राष्ट्रीय क्रिकेट परिषद (आईसीसी) के द्वारा किया जाता है, जो इसके सदस्य राष्ट्रों के घरेलू नियंत्रित निकायों के माध्यम से विश्व भर में खेल का आयोजन करती है। आईसीसी अंतरराष्ट्रीय स्तर पर खेले जाने वाले पुरुष और महिला क्रिकेट दोनों का नियंत्रण करती है। हालांकि पुरुष, महिला क्रिकेट नहीं खेल सकते हैं, पर नियमों के अनुसार महिलाएं पुरुषों की टीम में खेल सकती हैं। नियम संहिता के रूप में होते हैं, जो क्रिकेट के कानून कहलाते हैं, और इनका अनुरक्षण लंदन में स्थित मेलबोर्न क्रिकेट क्लब (एम सी सी) के द्वारा किया जाता है। इसमें आई सी सी और अन्य घरेलू बोर्डों का परामर्श भी शामिल होता है।

मैदान के बारे में जानें

बच्चो! आपने देश में कई जगह उन मैदानों को देखा होगा, जहां क्रिकेट खेले जाते हैं। इसलिए आवश्यक है कि हम थोड़ा आपको इन मैदान की संरचना के बारे में बता दें। आप जान ही चुके हैं कि एक क्रिकेट मुकाबला दो दलों टीमों या पक्षों के बीच खेला जाता है। हर टीम में ग्यारह खिलाड़ी होते हैं। इसका मैदान कई आकार और आकृतियों का हो सकता है। मैदान घास का होता है और इसे ग्राउंड्समैन के द्वारा तैयार किया जाता है, जिसके कार्य में उर्वरण, कटाई, रोलिंग और सतह को समतल करना शामिल होता है। मैदान का व्यास सामान्यता 140 मीटर होता है। मैदान की परिधि को सीमा कहा जाता है और इसे कभी कभी रंग दिया जाता है या कभी कभी एक रस्सी के द्वारा मैदान की बाहरी सीमा को चिह्नित किया जाता है। मैदान गोल, चौकोर या अंडाकार हो सकता है, क्रिकेट का सबसे प्रसिद्ध मैदान है ओवल। प्रत्येक टीम का उद्देश्य होता है दूसरी टीम से अधिक रन बनाना और दूसरी टीम के सभी खिलाड़ियों को आउट करना। क्रिकेट में खेल को ज्यादा रन बना कर भी जीता जा सकता है, चाहे दूसरी टीम को पूरी तरह से आउट न किया गया हो। दूसरे रूप में खेल को जीतने के लिए अधिक रन बनाना और दूसरी टीम को आउट करना जरूरी होता है, अन्यथा मुकाबला बिना किसी नतीजे के समाप्त हो जाता है। खेल शुरू होने से पहले दोनों टीमों के कप्तान एक सिक्के

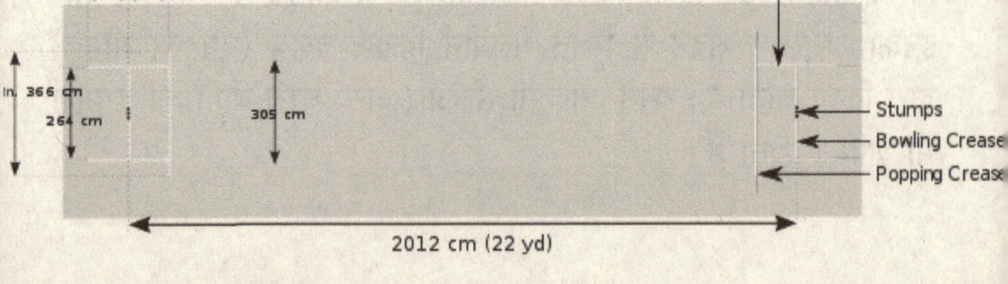

को उछाल कर निर्धारित करते हैं कि कौन सी टीम पहले बल्लेबाजी या गेंदबाजी करेगी। टॉस जीतने वाला कप्तान पिच और मौसम की वर्तमान और प्रत्याशित स्थिति के अनुसार अपना फैसला लेता है।

मुख्य आकर्षण मैदान के विशेष रूप से तैयार किए गए क्षेत्र में होता है (आमतौर पर केन्द्र में) जो पिच कहलाता है, पिच के दोनों ओर 22 यार्ड या 20 मीटर विकेट लगाए जाते हैं। ये गेंदबाजी उर्फ क्षेत्ररक्षण पक्ष के लिए लक्ष्य होते हैं और बल्लेबाजी पक्ष के द्वारा इनका बचाव किया जाता है, जो रन बनाने की कोशिश में होते हैं। मूलतः एक रन तब बनता है, जब एक बल्लेबाज गेंद को अपने बल्ले से मारने के बाद पिच के बीच भागता है, हालांकि नीचे बताये गए विवरण के अनुसार रन बनाने के कई और तरीके हैं। यदि बल्लेबाज और रन बनाने का प्रयास नहीं करता है, तो गेंद डेड हो जाती है और गेंदबाज के पास वापिस गेंदबाजी के लिए आ जाती है, गेंदबाजी पक्ष विभिन्न तरीकों से बल्लेबाजों को आउट करने की कोशिश करता है, जब तक बल्लेबाजी पक्ष ऑल आउट न हो जाए। इसके बाद गेंदबाजी वाला पक्ष बल्लेबाजी करता है और बल्लेबाजी वाला पक्ष गेंदबाजी के लिए मैदान में आ जाता है। पेशेवर मैचों में खेल के दौरान मैदान पर 15 लोग होते हैं। इनमें से दो अंपायर होते हैं, जो मैदान में होने वाली गतिविधियों को नियंत्रित करते हैं। दो बल्लेबाज होते हैं, उनमें से एक स्ट्राइकर होता है, जो गेंद का सामना करता है और और दूसरा नॉन स्ट्राइकर कहा जाता है। बल्लेबाजों की भूमिका रन बनने के साथ और ओवर पूरे होने के साथ बदलती रहती है। क्षेत्ररक्षण टीम के सभी 11 खिलाड़ी एक साथ मैदान पर होते हैं। उनमें से एक गेंदबाज होता है, दूसरा विकेटकीपर और अन्य नौ क्षेत्ररक्षक कहलाते हैं। विकेटकीपर या कीपर हमेशा एक विशेषज्ञ होता है, लेकिन गेंदबाजी के लिए किसी भी क्षेत्ररक्षक को बुलाया जा सकता है।

पिच, विकेट और क्रीज

पिच विकेटों के बीच की लम्बाई 22 यार्ड होती है और 305 सेमी चौड़ी होती है। यह एक समतल सतह है। इस पर बहुत ही कम घास होती है, जो खेल के साथ कम हो सकती है। पिच की हालत मैच और टीम की रणनीति पर प्रभाव डालती है, पिच की वर्तमान और प्रत्याशित स्थिति टीम की रणनीति को निर्धारित करती है

प्रत्येक विकेट में तीन लकड़ी के स्टंप होते हैं, जिन्हें एक सीधी रेखा में रखा जाता है। इनके ऊपर दो लकड़ी के बेल रखे जाते हैं। बेल्स सहित विकेट की कुल ऊंचाई है और तीनों स्टम्पों की कुल चौड़ाई है।

चार लाइनें, जिन्हें क्रीज के रूप में जाना जाता है, पिच पर विकेट के चारों ओर पेंट की जाती हैं। ये बल्लेबाज के सुरक्षित क्षेत्र और गेंदबाज की सीमा को निर्धारित करती हैं। ये पोप्पिंग या बल्लेबाजी क्रीज या बालिंग क्रीज या दो रिटर्न क्रीज कहलाती हैं। स्टंप को गेंदबाजी क्रीज की लाइन में रखा जाता है और इन्हें एक दूसरे से थोड़ी दूरी पर रखा जाता है। बीच वाली स्टंप को बिल्कुल केन्द्र पर गेंदबाजी क्रीज की लम्बाई में रखा जाता है। पोप्पिंग क्रीज की लम्बाई समान होती है। यह गेंदबाजी की क्रीज के समांतर होती है और विकेट के सामने होती है। रिटर्न क्रीज बाकी दोनों के लम्बवत होती है। ये दोनों पोप्पिंग क्रीज के अंत से जुड़ी होती हैं और इन्हें गेंदबाजी की क्रीज के अंत तक कम से कम इसकी लम्बाई में चित्रित किया जाता है।

गेंदबाजी करते समय गेंदबाज़ का पिछला पैर उसकी डिलीवरी स्ट्राइड में दो रिटर्न क्रीजों के बीच में होना चाहिए, जबकि उसका अगला पैर पोप्पिंग क्रीज के ऊपर या उसके पीछे पड़ना चाहिए, अगर गेंदबाज इस नियम को तोड़ता है, तो अंपायर नो बॉल घोषित कर देता है।

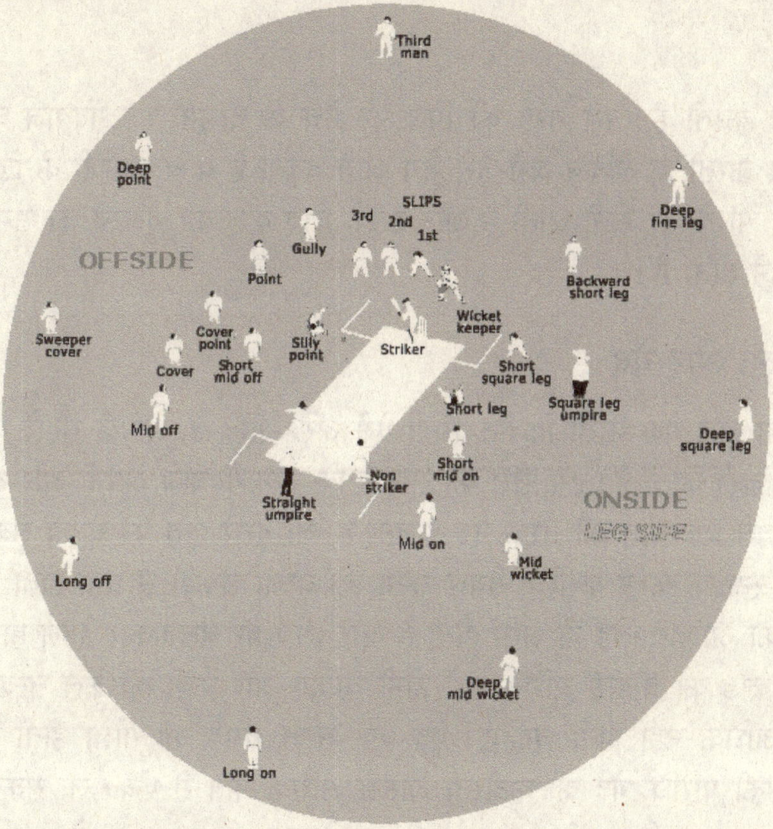

बल्लेबाज के लिए पोप्पिंग क्रीज का महत्त्व यह है कि यह उसके सुरक्षित क्षेत्र की सीमा को निर्धारित करता है, जब वह अपने इस क्षेत्र से बाहर होता है, तो उसका विकेट उखाड़ दिए जाने पर वह स्टंप या रन आउट हो सकता है।

पिच की स्थिरता भिन्न हो सकती है जिसके कारण गेंदबाज को मिलने वाला उछाल, स्पिन और गति अलग-अलग हो सकती है। सख्त पिच पर बल्लेबाजी करना आसान होता है। क्योंकि इस पर उछाल ऊंचा लेकिन समान होता है। सूखी पिच बल्लेबाजी के लिए खराब मानी जाती है, क्योंकि इस पर दरारें आ जाती हैं और जब ऐसा होता है तो स्पिनर एक अहम भूमिका अदा कर सकता है। नम पिच या घास से ढकी पिचें जो हरी पिचें कहलाती हैं, अच्छे तेज गेंदबाज को अतिरिक्त उछाल देने में

मदद करती है। इस तरह की पिच पूरे मैच के दौरान तेज गेंदबाज की मदद करती है, लेकिन जैसे-जैसे मैच आगे बढ़ता है ये बल्लेबाजी के लिए और भी बेहतर होती जाती है और उसके लिए कुछ कर गुजरने का समय सामने होता है।

बल्ला और गेंद

बल्ला और गेंद ही तो क्रिकेट के दो ऐसे अस्त्र-शस्त्र हैं, जिनके सहारे यह जंग लड़ी जाती है। इस खेल का सार है कि एक गेंदबाज अपनी ओर की पिच से बल्लेबाज की तरफ गेंद डालता है, जो दूसरे अंत पर बल्ला लेकर उसे स्ट्राइक करने के लिए तैयार रहता है। बल्ला लकड़ी से बना होता है, इसका आकार ब्लेड के जैसा होता है और शीर्ष पर बेलनाकार हेंडल होता है। ब्लेड की चौड़ाई अधिक नहीं होनी चाहिए और बल्ले की कुल लम्बाई से अधिक नहीं होनी चाहिए। गेंद एक सख्त चमड़े का गोला होती है, जिसकी परिधि, गेंद की कठोरता जिससे अधिक गति से फेंकी जा सकती है। वह एक विचारणीय मुद्दा है और बल्लेबाज सुरक्षात्मक कपड़े पहनता है, जिसमें शामिल है पेड, जो घुटनों और पांव के आगे वाले भाग की रक्षा के लिए पहने जाते हैं। बल्लेबाजी के दस्ताने हाथों के लिए, हेलमेट सिर के लिए और एक बॉक्स जो पतलून के अन्दर पहना जाता है और क्रोच क्षेत्र को सुरक्षित करता है। कुछ बल्लेबाज अपनी शर्ट और पतलून के अन्दर अतिरिक्त पेडिंग पहनते हैं, जैसे थाई पेड, आर्म पेड, रिब संरक्षक और कंधे के पेड।

अंपायर और स्कोरर

मैदान पर खेल को दो अंपायर नियंत्रित करते हैं। अंपायर के नियंत्रण में ही यह खेल परवान चढ़ता है। उनमें से एक विकेट के पीछे गेंदबाज की

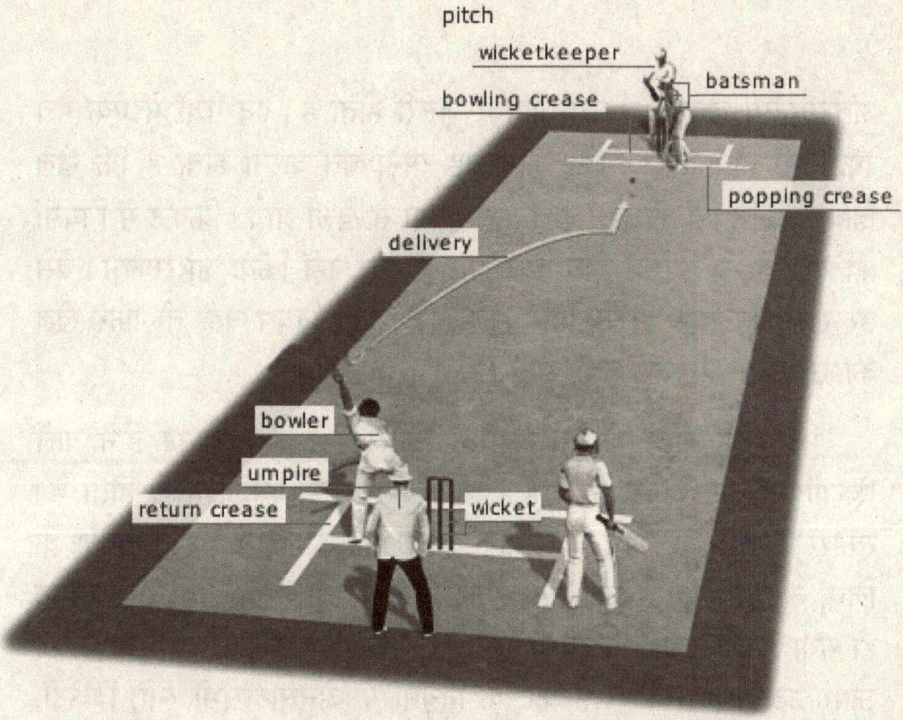

तरफ खड़ा रहता है और दूसरा स्क्वेयर लेग की स्थिति में जो स्ट्राइकिंग बल्लेबाज से कुछ गज पीछे होता है, जब गेंदबाज गेंद डालता है तो विकेट वाला अम्पायर गेंदबाज और नॉन स्ट्राइकर के बीच रहता है। यदि खेल की स्थिति पर कुछ संदेह होता है, तो अम्पायर परामर्श करता है और यदि आवश्यक होता है तो वह खिलाड़ियों को फील्ड से बहार ले जाकर मैच को स्थगित कर सकता है, जैसे बारिश होने पर या रोशनी कम होने पर भी खेल रोका जा सकता है।

आजकल खेलों का सीधा प्रसारण होता है और पूरी दुनिया क्रिकेट के जुनून में डूब जाती है। इसलिए मैदान से बहार और टी.वी. पर प्रसारित होने वाले मैचों में अक्सर एक तीसरा अंपायर होता है, जो विडियो साक्ष्य की सहायता से विशेष स्थितियों में फैसला ले सकता है। टेस्ट मैचों और दो आईसीसी के पूर्ण सदस्यों के बीच खेले जाने वाले सीमित ओवरों के

अंतरराष्ट्रीय खेल में तीसरा अंपायर जरूरी होता है। इन मैचों में एक मैच रेफरी भी होता है, जिसका काम यह सुनिश्चित करना होता है कि खेल क्रिकेट के नियमों के तहत खेल की भावना से खेला जाये। क्रिकेट में नियमों का बड़ा महत्व है और नियमों के विरुद्ध कुछ नहीं किया जा सकता। वैसे हर खेल में नियम ही सर्वोपरि होते हैं, क्योंकि नियम नहीं तो फिर खेल की सार्थकता ही कुछ नहीं होती।

मैदान के बाहर दो अधिकारिक स्कोरर रनों और आउट होने वाले खिलाड़ियों का रिकॉर्ड रखते हैं। प्रत्येक अधिकारी एक टीम से होता है। स्कोरर अंपायर के हाथ के संकेतों द्वारा निर्देशित होते हैं। उदाहरण के लिए, अंपायर एक तर्जनी अंगुली उठा कर बताता है कि बल्लेबाज आउट हो गया है और यदि बल्लेबाज ने छः रन बनाए हैं, तो वो दोनों हाथों को ऊपर उठाता है। स्कोरर क्रिकेट के नियमों के अनुसार सभी रनों, विकेटों, और ओवरों का रिकॉर्ड रखते हैं। व्यवहार में वे अतिरिक्त डेटा भी संचित करते हैं जैसे गेंदबाजी विश्लेषण और रन की दरें। यह सब क्रिकेट के खेल में करना ही पड़ता हैं।

पारियां

पारी हमेशा बहुवचन रूप में प्रयुक्त होती है। बल्लेबाजी पक्ष के सामूहिक प्रदर्शन के लिए एक शब्द है। सिद्धांत के तौर पर, बल्लेबाजी पक्ष के सभी ग्यारह सदस्य बारी-बारी से बल्लेबाजी करते हैं, लेकिन कई कारणों से पारी इससे पहले भी खत्म हो सकती है। खेले जा रहे मैच के प्रकार के अनुसार हर टीम की एक या दो पारियां होती हैं, पारी शब्द का उपयोग कभी-कभी एक बल्लेबाज के व्यक्तिगत योगदान को बताने के लिए भी किया जाता है, जैसे उसने एक अच्छी पारी खेली आदि।

गेंदबाज का मुख्य उद्देश्य क्षेत्ररक्षकों की सहायता से बल्लेबाज को आउट

करना होता है, एक बल्लेबाज जब बर्खास्त कर दिया जाता है, तब कहा जाता है की वह आउट हो गया है अर्थात उसे मैदान छोड़ कर जाना होगा और उसकी टीम का अगला बल्लेबाज अब बल्लेबाजी करने आएगा, जब दस बल्लेबाज बर्खास्त अर्थात आउट हो जाते हैं, तो पूरी टीम बर्खास्त हो जाती है और पारी समाप्त हो जाती है।

अंतिम बल्लेबाज जो आउट नहीं हुआ है, वह अब बल्लेबाजी नहीं कर सकता, क्योंकि हमेशा दो बल्लेबाजों को एक साथ मैदान में रहना होता है, यह बल्लेबाज नॉट आउट कहलाता है।

यदि दस बल्लेबाजों के आउट होने से पहले ही एक पारी समाप्त हो जाए, तो दो बल्लेबाज नॉट आउट कहलाते हैं। एक पारी तीन कारणों से जल्दी खत्म हो सकती है। यदि बल्लेबाजी पक्ष का कप्तान घोषित कर दे कि पारी समाप्त हो गई है, जो एक सामरिक निर्णय होता है या बल्लेबाजी पक्ष ने अपना लक्ष्य प्राप्त कर लिया हो और खेल को जीत लिया हो या खेल खराब मौसम या समय खत्म हो जाने के कारण समाप्त कर दिया जाये, सीमित ओवरों के क्रिकेट में जब अंतिम ओवर किया जा रहा हो, तब भी दो बल्लेबाज बचे हो सकते हैं।

ओवर

ओवर 6 गेंदों का समुच्चय या समूह होता है। यह शब्द इस तरह से आया है, क्योंकि अंपायर कहता है ओवर यानि पूरा। जब 6 गेंदें डाली जा चुकी

होती हैं, तब दूसरा गेंदबाज दूसरे छोर पर आ जाता है और क्षेत्ररक्षक भी अपना स्थान बदल लेते हैं। एक गेंदबाज लगातार दो ओवर नहीं डाल सकता है, हालांकि एक गेंदबाज छोर को बिना बदले उसी छोर से कई ओवर डाल सकता है। बल्लेबाज साइड या छोर को बदल नहीं सकते हैं, इसलिए जो नॉन स्ट्राइकर था वह स्ट्राइकर बन जाता है और स्ट्राइकर अब नॉन स्ट्राइकर बन जाता है। अंपायर भी अपनी स्थिति को बदलते हैं, ताकि जो अंपायर स्क्वेयर लेग की स्थिति में था वह विकेट के पीछे चला जाता है और इसका विपरीत भी होता है।

टीम संरचना

बच्चों! आप जानते ही हैं कि एक टीम में 11 खिलाड़ी होते हैं। प्राथमिक कुशलता के आधार पर एक खिलाड़ी को बल्लेबाज या गेंदबाज के रूप में वर्गीकृत किया जा सकता है। एक अच्छी तरह से संतुलित टीम में आमतौर पर पांच या छह विशेषज्ञ बल्लेबाज और चार या पांच विशेषज्ञ गेंदबाज होते हैं। टीम में हमेशा एक विशेषज्ञ विकेट रक्षक होता है, क्योंकि यह क्षेत्ररक्षण स्थिति बहुत ही महत्वपूर्ण होती है। प्रत्येक टीम का नेतृत्व कप्तान करता है, जो सामरिक निर्णय लेने के लिए जिम्मेदार होता है, जैसे बल्लेबाजी क्रम का निर्धारण करना, क्षेत्ररक्षकों के स्थान निर्धारित करना और गेंदबाजों की बारी तय करना। एक खिलाड़ी जो बल्लेबाजी और गेंदबाजी दोनों का विशेषज्ञ होता है हरफनमौला कहलाता है। जो बल्लेबाज और विकेट कीपर दोनों का काम करता है, वह विकेट कीपर (बल्लेबाज) कहलाता है, कभी-कभी उसे हरफनमौला भी कहा जाता है, वास्तव में हरफनमौला खिलाड़ी कम ही देखने को मिलते हैं, क्योंकि अधिकांश खिलाड़ी बल्लेबाजी या गेंदबाजी में से किसी एक पर ही ध्यान केंद्रित करते हैं।

क्षेत्ररक्षण

बच्चों! क्षेत्ररक्षण के पक्ष के सभी ग्यारह खिलाड़ी मैदान में एक साथ रहते हैं। उनमें से एक विकेट कीपर होता है, जो स्ट्राइकर बल्लेबाज के द्वारा बचाए जाने वाले विकेट के पीछे खड़ा रहता है। विकेट कीपिंग सामान्यतः एक विशेषज्ञ ही कर सकता है, उसका मुख्य काम उन गेंदों को पकड़ना होता है, जो बल्लेबाज हिट नहीं करता, जिससे की बल्लेबाज बाई के रन ना ले सके। वह विशेष दस्ताने पहनता है। क्षेत्र रक्षकों में केवल उसी को ऐसा करने की अनुमति होती है। साथ ही अपने नीचले टांगों को कवर करने के लिए पैड भी पहनता है, चूंकि वह सीधे स्ट्राइकर के पीछे खड़ा रहता है, अतः उसके पास इस बात की बहुत अधिक संभावना होती है कि वह बल्लेबाज के बल्ले के किनारे से छू कर निकलती हुई बॉल को कैच करके बल्लेबाज को आउट कर सके, केवल वही एक ऐसा खिलाड़ी है जो बल्लेबाज को स्टम्पड आउट कर सकता है।

वर्तमान गेंदबाज के अलावा शेष 9 क्षेत्र रक्षक कप्तान के द्वारा मैदान में चुने हुए स्थानों पर तैनात रहते हैं। कप्तान क्षेत्ररक्षण पक्ष का सबसे महत्वपूर्ण सदस्य होता है, क्योंकि वह सभी रणनीतियां निर्धारित करता है, जैसे किसे गेंदबाजी करनी चाहिए।

गेंदबाजी

गेंदबाज अक्सर दौड़ कर गेंद डालने के लिए आते हैं, हालांकि कुछ गेंदबाज एक या दो कदम ही दौड़ कर आते हैं और गेंद डाल देते हैं। एक तेज गेंदबाज को संवेग की जरूरत होती है जिसके कारण वह तेजी से और दूरी से दौड़ कर आता है। तेज गेंदबाज बहुत तेजी से गेंद को डाल सकता है और कभी कभी वह बल्लेबाज को आउट करने के लिए बहुत ही तेज

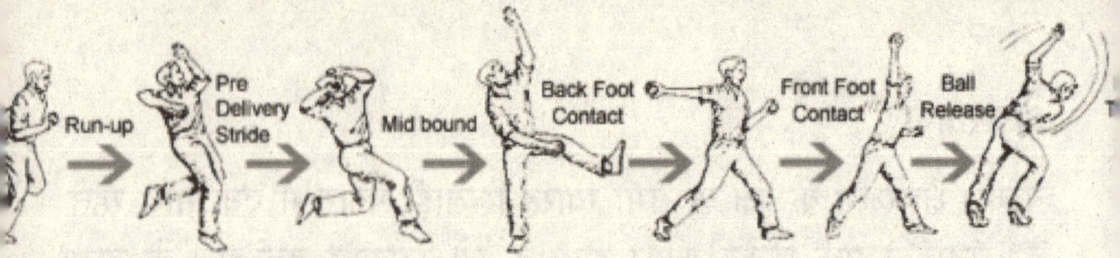

गति की गेंद डालता है, जिससे बल्लेबाज पर तीव्रता से प्रतिक्रिया करने का दबाव बन जाता है। अन्य तेज गेंदबाज गति के साथ साथ किस्मत पर भी भरोसा करते हैं। कई तेज गेंदबाज गेंद को इस तरह से डालते हैं कि वह हवा में झूलती हुई या घूमती हुई आती है। इस प्रकार की डिलीवरी बल्लेबाज को धोखा दे सकती है जिसके कारण उसके शॉट खेलने की टाइमिंग ग़लत हो जाती है, जिससे गेंद बल्ले के बाहरी किनारे को छूती हुई निकलती है और उसे विकेट कीपर या स्लिप क्षेत्र रक्षक के द्वारा केच किया जा सकता है।

गेंदबाजों में एक अन्य प्रकार है स्पिनर, जो धीमी गति से स्पिन करती हुई गेंद डालता है और बल्लेबाज को धोखा देने की कोशिश करता है। एक स्पिनर अक्सर विकेट लेने के लिए गेंद को थोड़ा ऊपर से डालता है और बल्लेबाज को गलत शॉट खेलने के लिए उकसाता है। बल्लेबाज को इस तरह की गेंदों से बहुत अधिक सावधान रहना होता है, क्योंकि यह गेंद अक्सर बहुत ऊंची और घूर्णन करती हुई आती है और वो उस तरह से व्यवहार नहीं करती, जैसा कि बल्लेबाज ने सोचा होता है और वो आउट हो सकता है।

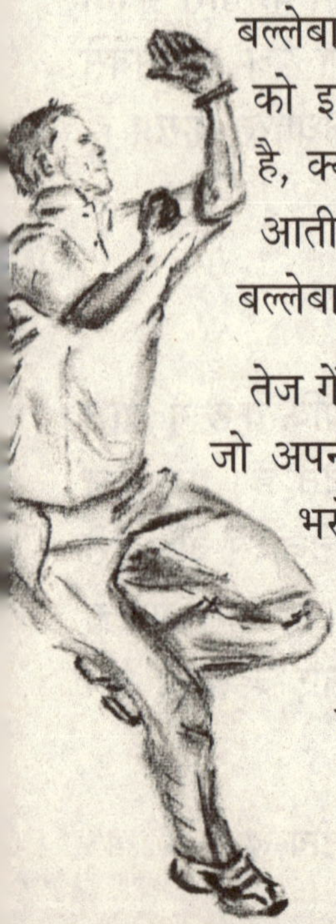

तेज गेंदबाज और स्पिनर के मध्य होते हैं मध्यमगति के गेंदबाज जो अपनी सटीक गेंदबाजी से रनों की गति को कम करने पर भरोसा करते हैं और बल्लेबाजों का ध्यान भंग करते हैं। गेंदबाजी के दौरान कोहनी को किसी भी कोण पर रखा जा सकता है या मोड़ा जा सकता है, लेकिन इस दौरान उसे सीधा नहीं किया जा सकता है, यदि कोहनी अवैध

रूप से सीधी हो जाती है, तो स्क्वेर लेग अम्पायर इसे नो बॉल घोषित कर सकता है। वर्तमान नियमों के अनुसार एक गेंदबाज अपनी भुजा को 15 डिग्री या उससे कम तक सीधा कर सकता है।

बल्लेबाजी

बच्चो! आपने सचिन तेंदुलकर नाम तो सुना ही होगा। बल्लेबाजी में उन्होंने इतनी महारत हासिल की है कि लोग उन्हें क्रिकेट का भगवान तक कहने लगे हैं। उन्होंने अब तक न जाने कितने रिकॉर्ड बनाएं हैं और पुरस्कार जीते हैं। बेहतरीन बल्लेबाजी के बल पर सचिन तेंदुलकर को पद्मभूषण, पद्मश्री जैसे प्रतिष्ठित राष्ट्रीय अवॉर्ड भारत के राष्ट्रपति के हाथों मिले हैं और उन्हें राज्यसभा सदस्य के रूप में मनोनीत भी किया गया है अर्थात् वे अपनी बल्लेबाजी के बल पर एक अच्छे सांसद भी बन गए हैं।

बच्चों! किसी भी एक समय पर मैदान में दो बल्लेबाज होते हैं। एक स्ट्राइकर छोर पर रह कर विकेट की रक्षा करता है और संभव हो तो रन बनाता है। उसका साथी जो नॉन स्ट्राइकर होता है, वो उस छोर पर होता है जहां से गेंदबाजी की जाती है। बल्लेबाज बल्लेबाजी क्रम में आते हैं, यह

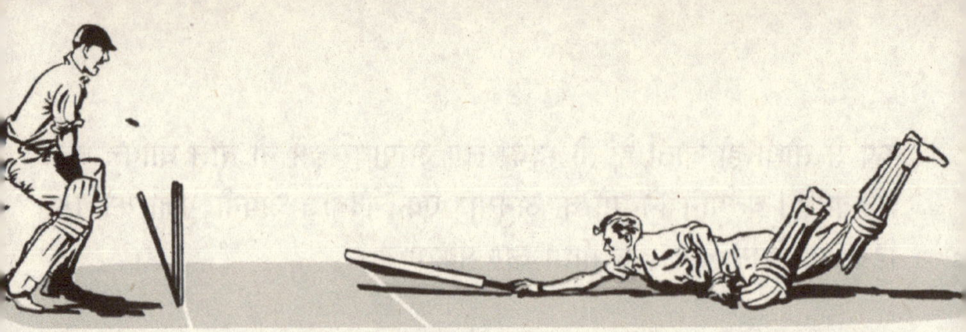

क्रम कप्तान के द्वारा निर्धारित किया जाता है, पहले दो बल्लेबाज ओपनर कहलाते हैं, उन्हें सामान्यतः सबसे खतरनाक गेंदबाजी का सामना करना पड़ता है, क्योंकि उस समय तेज गेंदबाज नई गेंद का उपयोग करते हैं, शीर्ष बल्लेबाजी के लिए आमतौर पर टीम में सबसे अधिक सक्षम बल्लेबाज को भेजा जाता है और गैर बल्लेबाजों को अंत में भेजा जाता है। पहले से निर्धारित किया गया बल्लेबाजी क्रम अनिवार्य नहीं है और जब भी एक विकेट गिर जाता है, तो कोई भी खिलाड़ी जिसने बल्लेबाजी नहीं की है उसे भेजा जा सकता है।

अगर एक बल्लेबाज मैदान छोड़ के जाता है या आम तौर पर चोट के कारण और वापस नहीं लौट पता है, तो वह वास्तव में नॉट आउट होता है और उसका बहार जाना आउट नहीं माना जाता है, परन्तु उसे बर्खास्त कर दिया जाता है, क्योंकि उसकी पारी समाप्त हो चुकी होती है, प्रतिस्थापित बल्लेबाज को अनुमति नहीं होती है। एक कुशल बल्लेबाज सुरक्षात्मक और आक्रामक दोनों रूपों में कई प्रकार के शॉट या स्ट्रोक लगा सकता है। मुख्य काम है गेंद को बल्ले की समतल सतह से हिट करना। यदि गेंद बल्ले के किनारे को छूती है, तो यह बाहरी किनारा कहलाता है। बल्लेबाज हमेशा ही गेंद को जोर से हिट करने की कोशिश नहीं करता है। एक अच्छा खिलाड़ी एक हल्के

चतुर स्ट्रोक से या केवल अपनी कलाई को हल्के से घुमा कर रन बना सकता है, लेकिन वह गेंद को क्षेत्ररक्षकों से दूर हिट करता है ताकि उसे रन बनाने का समय मिल सके। बच्चों! भारत में एक से बढ़कर एक बल्लेबाज हुए हैं।

कपिल देव का नाम तो आपने सुना ही होगा। उन्हीं की कप्तानी में 1983 में भारत ने पहली बार विश्वकप जीता था और उस टीम में सचिन तेंदुलकर भी शामिल थे, इसलिए सचिन भारत में सबसे अधिक दिनों तक खेलने वाले न केवल खिलाड़ी हैं, वरन इन्होंने महाशतक भी बनाया है और असंख्य रिकॉर्ड अपने नाम किए हैं।

रन

बच्चों! जानते हो रन किसे कहते हैं! रन कहते हैं, वह दिशा जिसमें दायें हाथ का बल्लेबाज भिन्न क्रिकेट शॉट खेलते समय गेंद को भेजता है। स्ट्राइकर बल्लेबाज की प्राथमिकता होती है गेंद को विकेट पर टकराने से रोकना और दूसरी प्राथमिकता होती है बल्ले से गेंद को हिट कर के रन बनाना, ताकि इससे पहले कि क्षेत्ररक्षण पक्ष की ओर से गेंद वापस आए, उसे और उसके सहयोगी को रन बनाने का समय मिल जाए, एक रन रजिस्टर करने के लिए, दोनों धावकों को अपने बल्ले से या शरीर के किसी भाग से क्रीज के पीछे की भूमि को छुना होता है। बल्लेबाज दौड़ते समय बल्ला लिए होते हैं। प्रत्येक रन स्कोर में जुड़ जाता है।

एक ही हिट पर एक से अधिक रन बनाये जा सकते हैं। एक हिट में

एक से तीन रन आम हैं। मैदान का आकार इस प्रकार का होता है कि सामान्यतः चार या अधिक रन बनाना कठिन होता है। इसकी क्षतिपूर्ति करने के लिए यदि गेंद मैदान की सीमा की भूमि को छूती है, तो इसे चार रन गिना जाता है और यदि गेंद सीमा को हवा में पार करके निकल जाती है, तो इसे छः रन गिना जाता है। यदि गेंद सीमा पार चली जाती है तो बल्लेबाज को भागने की जरूरत नहीं होती है।

पांच रन बहुत ही असामान्य हैं और आमतौर पर यह क्षेत्र रक्षक के द्वारा वापस फेंकी गई गेंद, ओवर थ्रो पर निर्भर करता है, यदि स्ट्राइकर विषम संख्या में रन बनाता है, तो बल्लेबाजों का स्थान आपस में बदल जाता है और नॉन स्ट्राइकर अब स्ट्राइकर बन जाता है; केवल स्ट्राइकर ही व्यक्तिगत रूप से रन बनाता है, लेकिन सभी रन टीम के कुल स्कोर में जोड़े जाते हैं। रन लेने का फैसला बल्लेबाज जिसको गेंद की दिशा और गति का ज्ञान होता है, उसके द्वारा किया जाता है और इसको वह हां, ना या रन को कहके बताता है। रन लेने में बहुत जोखिम होता है, क्योंकि यदि एक क्षेत्र रक्षक विकेट को गिरा देता है, जब नजदीकी बल्लेबाज अपनी क्रीज से बाहर होता है, तो यानि उसके शरीर का कोई भाग या बल्ला पोप्पिंग क्रीज के संपर्क में नहीं है। बल्लेबाज रन आउट कहलाता है।

एक टीम के स्कोर को उसके द्वारा बनाये गए रनों की संख्या और आउट हुए बल्लेबाजों की संख्या से प्रदर्शित किया जाता है। उदाहरण के लिए यदि पांच बल्लेबाज आउट हो गए हैं और टीम ने 225 रन बनाये हैं, तो कहा जाता है कि उन्होंने 5 विकेट की हानि पर 225 रन बनाए हैं।

अतिरिक्त रन

क्षेत्ररक्षण पक्ष की ओर से की गई त्रुटियों के कारण बल्लेबाजी पक्ष को जो रन प्राप्त होते हैं, वे अतिरिक्त कहलाते हैं। यह चार प्रकार से प्राप्त किये

जा सकते हैं – नो बॉल एक ऐसी अतिरिक्त बॉल होती है, जो गेंदबाज के द्वारा किसी नियम का उल्लंघन करने पर दंड के रूप में डाली जाती है। (अ) अनुपयुक्त भुजा एक्शन के कारण (ब) पोप्पिंग क्रिज पर ओवर स्टेप्पिंग के कारण (स) यदि उसका पैर रिटर्न क्रिज के बाहर हो, इसके लिए गेंदबाज को फिर से गेंद डालनी होती है। वर्तमान नियमों के अनुसार खेल के ट्वेंटी 20 और ओ डी आई प्रारूपों में फिर से डाली गई गेंद फ्री हिट होती है अर्थात इस गेंद पर बल्लेबाज रन आउट के अलावा किसी और प्रकार से आउट नहीं हो सकता है।

वाइड दंड के रूप में दी गई एक अतिरिक्त गेंद होती है, जो तब दी जाती है जब गेंदबाज ऐसी गेंद डालता है, जो बल्लेबाज की पहुंच से बाहर हो। बाई बल्लेबाज को मिलने वाला अतिरिक्त रन है। जब बल्लेबाज गेंद को मिस कर देता है और यह पीछे विकेट कीपर के पास से होकर निकल जाती है जिससे बल्लेबाज को परंपरागत तरीके से रन लेने का समय मिल जाता है, ध्यान दें कि एक अच्छे विकेट कीपर की निशानी है कि वह कम से कम बाईज दे। लेग बाई अतिरिक्त दिया जाने वाला रन है, जब गेंद बल्लेबाज के शरीर को हिट करती है लेकिन बल्ले को नहीं, और यह क्षेत्ररक्षकों से दूर जाकर बल्लेबाज को परंपरागत तरीके से रन लेने का समय भी देती है।

जब कोई गेंदबाज एक वाइड या नो बॉल डालता है, तो उसकी टीम को दंड भुगतना पड़ता है, क्योंकि उन्हें एक अतिरिक्त गेंद डालनी पड़ती है, जिससे बल्लेबाजी पक्ष को अतिरिक्त रन बनने का मौका मिल जाता है। बल्लेबाज को भाग कर रन लेना ही होता है, ताकि वह बाईज और लेग बाईज का दावा कर सके। सिवाय इसके जब गेंद चार रन के लिए सीमा पार चली जाती है, ये रन टीम के कुल स्कोर में ही जुड़ते हैं।

विकेट पतन

एक बल्लेबाज दस तरीके से आउट हो सकता है और कुछ तरीके इतने असामान्य हैं कि खेल के पूरे इतिहास में इसके बहुत कम उदाहरण मिलते हैं। आउट होने के सबसे सामान्य प्रकार हैं बोल्ड, केच, एल बी डबल्यू, रन आउट, स्टंप और हिट विकेट असामान्य तरीके हैं, गेंद का दो बार हिट करना, मैदान को बाधित करना, गेंद को हेंडल करना और समय समाप्त। इससे पहले कि अंपायर बल्लेबाज के आउट होने की घोषणा करें सामान्यतः क्षेत्ररक्षण पक्ष का कोई सदस्य आमतौर पर गेंदबाज अपील करता है। यह हाउज देट बोल कर या चिल्ला कर किया जाता है। इसका मतलब है हाउ इस देट यदि अंपायर अपील से सहमत हैं, तो वह तर्जनी अंगुली उठा कर कहता है आउट! अन्यथा वह सिर हिला कर कहता है नॉट आउट। अपील उस समय तेज आवाज में की जाती है जब आउट होने की परिस्थिति स्पष्ट न हो। यह एल बी डबल्यू की स्थिति में हमेशा होता है और अक्सर रन आउट और स्टंप की स्थिति में होता है।

पारी समाप्त

एक पारी समाप्त होती है जब –

- ग्यारह में से 10 बल्लेबाज आउट हो जाते हैं। इस स्थिति में टीम आल आउट कहलाती है।
- यदि टीम में केवल एक ही ऐसा बल्लेबाज बचा है, जो बल्लेबाजी कर सकता है, बाकि बचे हुए एक या अधिक खिलाड़ी चोट, बीमारी या अनुपस्थिति के कारण उपलब्ध नहीं हैं, तो भी टीम ऑल आउट कहलाती है।

- बल्लेबाजी करने वाली टीम को अंत में उस स्कोर तक पहुंचना होता है, जो मैच को जीतने के लिए जरूरी है।
- ओवर की पूर्व निर्धारित संख्या में ही गेंदें डाली जाती हैं, एक दिवसीय मैच में सामान्यतः 50 ओवर और ट्वेंटी 20 में सामान्यतः 20 ओवर।
- एक कप्तान अपनी टीम की पारी को समाप्त घोषित कर सकता है जब उसके कम से कम दो बल्लेबाज नॉट आउट हों, यह एक दिवसीय के मैच में लागू नहीं होता है।

रिजल्ट

बच्चो! किसी भी खेल में एक टीम की जीत होती है, तो दूसरी को हार का मुंह देखना ही पड़ता है। हां, कभी-कभी खेल बराबरी पर भी खत्म हो जाता है। यदि बाद में खेलने वाली टीम दूसरे पक्ष से कम रन बना कर आउट हो जाती है, तो कहा जाता है की टीम इतने रनों से हार गई है, जहां दोनों टीमों के द्वारा बनाये गए रनों की संख्या का अन्तर है। यदि बाद में खेलने वाली टीम जीतने के लिए पर्याप्त रन बना लेती है, तो कहा जाता है की वह अमुक विकेटों से जीत गई, जहां अमुक बचे हुए विकेटों की संख्या है। उदाहरण के लिए यदि कोई टीम केवल 6 विकेट खो कर विरोधी टीम के स्कोर को पार कर लेती है तो कहा जाता है की वह चार विकेट से मैच जीत गई है। बच्चों! हमने आपको क्रिकेट की सामान्य जानकारी दी है, जिसे आप समझ गए होंगे।

टेनिस

बच्चो! आपने टेनिस के बारे में तो सुना ही होगा। टेनिस को भारत में लोकप्रिय बनाने में हैदराबाद की बेटी सानिया मिर्जा और हरियाणा की पुत्री साइना नेहवाल का विशेष योगदान है। इन दोनों खिलाड़ियों ने इस खेल को युवा वर्ग में विशेष रूप से लोकप्रिय बनाया है। कई पुरुष खिलाड़ियों ने भी टेनिस को लोकप्रिय बनाया है, लेकिन महिला खिलाड़ियों के कारण ही इस खेल को अधिक प्रसिद्धी मिली है।

प्यारे बच्चो! टेनिस खेल 2 खिलाड़ियों के बीच (एकल मुकाबला) या 2 खिलाड़ियों वाली 2 टीमों के बीच (युगल मुकाबला) खेला जाता है। टेनिस के बल्ले को टेनिस रैकट और मैदान को टेनिस कोर्ट कहते हैं। खिलाड़ी तारों से बुना हुए टेनिस रैकट के द्वारा टेनिस गेंद जो कि रबर की बनी होती है एवम् जिस के ऊपर चटक हरे रंग के महिन रोए होते हैं को जाल के ऊपर से विरोधी के कोर्ट मे फेंकते हैं। टेनिस की शुरुआत फ्रांस में मध्य काल में हुई मानी जाती है। उस समय यह खेल इन-डोर

हुआ करता था। इंग्लैड में 19वी शताब्दी के अंतिम वर्षों में लान टेनिस का जन्म हुआ, और बाद में सारे विश्व में लोकप्रिय हुआ। आज यह खेल ओलंपिक में शामिल है, और विश्व के सभी प्रमुख देशों के करोड़ों लोगों में काफी लोकप्रिय है।

बच्चो! टेनिस की विश्व स्तर पर चार प्रमुख स्पर्धाएं होती हैं जिन्हें ग्रेन्ड स्लेम कहा जाता है। यह स्पर्धा विश्व के विभिन्न भागों में होती है। अमेरिका में होने वाली स्पर्धा को अमेरिकन ओपन कहा जाता है, ऑस्ट्रेलिया की ऑस्ट्रेलियन ओपन, फ्रांस की फ्रेन्च ओपन और लंदन की विम्बलडन कही जाती है। विम्बलडन एक घास के कोर्ट पर खेला जाता है। फ्रेंच ओपन क्ले कोर्ट पर खेला जाता है। यूएस ओपन और ऑस्ट्रेलियन ओपन के मिश्रित कोर्ट पर खेला जाता है।

बच्चो! यूएस ओपन के प्रमुख पुरुष खिलाड़ियों में रॉजर फेडरर, रफाएल नडाल हैं, तो प्रमुख महिला खिलाड़ियों में जस्टिन हेनिन हडेन, मारिया शारापोवा, एमेली मरस्मो, स्वेतलाना कुत्जेनेत्सेवा, नाडिया पेट्रोवा, किम क्लिस्टर्स, मार्टीना हिंगिस और एलीना डिमिन्टीवा के नाम गिनाए जा सकते हैं।

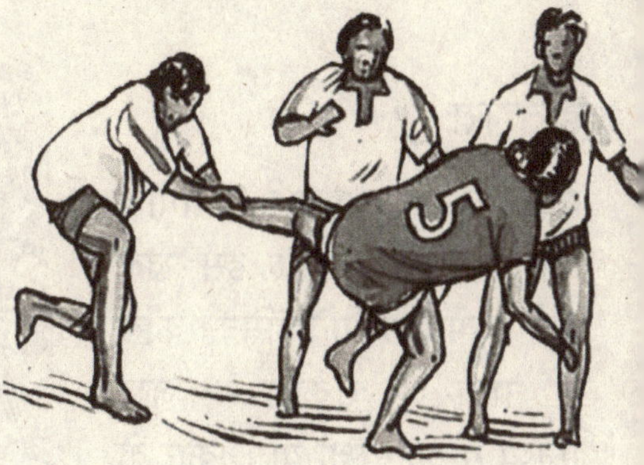

कबड्डी

कबड्डी भारत में सदियों से खेला जाता है। महाभारत काल में भी यह खेल काफी लोकप्रिय था। कबड्डी एक सामूहिक खेल है, जो प्रमुख रूप से भारत में खेला जाता है। कबड्डी नाम का प्रयोग प्रायः उत्तर भारत में किया जाता है, इस खेल को दक्षिण भारत में चेडुगुडुय और पूरब में हु-तू-तू के नाम से भी जानते हैं। भारत के साथ पड़ोसी देशों में भी कबड्डी बड़े पैमाने पर खेली जाती है। विभिन्न क्षेत्रों में इसके अलग-अलग नाम हैं। पश्चिमी भारत में हु-तू-तू, पूर्वी भारत और बांग्लादेश में हा-दो-दोय दक्षिण भारत में चेडु-गुडुय, श्रीलंका में गुडु और थाईलैंण्ड में थीचुब। यद्यपि यह खेल थोड़ी भिन्नता के साथ खेला जाता है, पर शत्रु क्षेत्र में आक्रमण का मूलतंत्र सभी में समान रहता है। इस खेल में एक खिलाड़ी द्वारा विरोधी दल के पाले (क्षेत्र) में कबड्डी-कबड्डी या हु-तू-तू दोहराया जाता है, विरोधी दल के खिलाड़ियों को छूने के प्रयास में तेजी से घूमता है और वापस अपने पाले (क्षेत्र) में आ जाता है। यह सभी एक ही सांस में और विरोधियों की गिरफ्त से बचकर होना चाहिए।

इतिहास

यद्यपि कोई औपचारिक प्रमाण उपलब्ध नहीं है, पर इस खेल का उद्भव प्रागैतिहासिक काल से माना जा सकता है, जब मनुष्य में आत्मरक्षा या शिकार के लिए प्रतिवर्ती क्रियाएं विकसित हुईं। इस बात का उल्लेख एक ताम्रपत्र में है कि भगवान कृष्ण और उनके साथियों द्वारा कबड्डी से मिलता-जुलता एक खेल खेला जाता था।

महाभारत में कुरुक्षेत्र के युद्ध के दौरान एक रोचक प्रसंग में अर्जुन के पुत्र अभिमन्यु, को शत्रु के चक्रव्यूह को भेदने के लिए कहा गया। प्रत्येक चक्र कौरवों के सात युद्ध वीरों से सुसज्जित था। यद्यपि अभिमन्यु चक्रव्यूह को भेदने में सफल हो गए, मगर अभिमन्यु बाहर आने में असमर्थ रहे। ऋषि-मुनियों द्वारा चलाए जा रहे गुरुकुलों में भी कबड्डी खेली जाती थी, जहां शिष्य शारीरिक व्यायाम के लिए इसे खेलते थे।

पहली प्रतियोगिता

20वीं सदी के पहले दो दशकों में महाराष्ट्र के विभिन्न सामाजिक संगठनों ने कबड्डी के खेल को औपचारिकता व लोकप्रियता प्रदान करने में महत्त्वपूर्ण भूमिका निभाई। 1918 में कुछ सामान्य नियम बनाए गए और कुछ

प्रतियोगिताएं आयोजित की गईं। लेकिन कबड्डी के नियमों के औपचारिक गठन और प्रकाशन का ऐतिहासिक कदम सन् 1923 में भारतीय ओलंपिक संघ के तत्वावधान में उठाया गया। इस स्वदेशी खेल का पहला अंतर्राष्ट्रीय प्रदर्शन एक खेल संगठन, हनुमान व्यायाम प्रसारक मंडल ने 1936 के बर्लिन ओलंपिक में किया।

कबड्डी मैच का एक दृश्य लगभग 1938 में पहली प्रतियोगिता कलकत्ता (वर्तमान कोलकाता) के टाला बगीचे में आयोजित की गई। 1950 में भारतीय कबड्डी महासंघ की स्थापना हुई। पुरुषों के लिए पहली राष्ट्रीय प्रतियोगिता 1952 में मद्रास (वर्तमान चेन्नई) में आयोजित की गई, जबकि महिलाओं की पहली राष्ट्रीय प्रतियोगिता 1955 में कलकत्ता में हुई। 1972 गैर व्यावसायिक कबड्डी संघ (एमेच्योर कबड्डी फेडरेशन) की स्थापना हुई और प्रतियोगिताएं शुरू की गईं। 1974 में भारतीय दल ने खेल को लोकप्रिय बनाने के लिए बांग्लादेश का दौरा किया। 1978 में बांग्लादेश के दल ने भारत के विरुद्ध टेस्ट शृंखला खेलने के लिए यहां का दौरा किया। दक्षिण एशिया क्षेत्र में इस खेल के विकास का महत्त्वपूर्ण मोड़ था, एशियाई

गैर व्यावसायिक कबड्डी संघ (एशियन एमेच्योर कबड्डी फेडरेशन) की स्थापना। पहली एशियाई कबड्डी प्रतियोगिता 1980 में कलकत्ता में आयोजित की गई। 1982 में नई दिल्ली में हुए एशियाई खेलों में कबड्डी का प्रदर्शन किया गया। 1985 से इसे दक्षिण एशियाई संघीय खेलों में शामिल कर लिया गया। 1990 में बीजिंग में हुए एशियाई खेलों में कबड्डी ने एक प्रतियोगी खेल के रूप में पदार्पण किया।

खेल का मैदान

खेल का मैदान समतल तथा नर्म होता है। यह मिट्टी, खाद या बुरादे का होता है। पुरुषों के लिए मैदान का आकार 12.5 मी गुणा 10 मी होता है। केन्द्रीय रेखा इसे दो समान भागों में बांटती है। प्रत्येक भाग 10 मी गुणा 6.25 मी. होता है। स्त्रियों तथा जूनियर्स के लिए मैदान का नाप 11 मी. गुणा 8 मी. होता है। मैदान के दोनों ओर एक मीटर चौड़ी पट्टी होगी जिसे लॉबी कहते हैं। प्रत्येक क्षेत्र में केन्द्रीय रेखा से तीन मीटर दूर उसके समानांतर मैदान की पूरी चौड़ाई के बराबर रेखाएं खींची जाती है। इन रेखाओं को बॉक रेखाएं कहते हैं। केन्द्रीय रेखा स्पष्ट रुप से अंकित

की जानी चाहिए। केन्द्रीय रेखा तथा अन्य रेखाओं की अधिकतम चौड़ाई 5 सेंटीमीटर या 2 इंच होनी चाहिए। साइड रेखा और अंत रेखा के बाहर की ओर 4 मीटर स्थान खुला छोड़ना आवश्यक है। बैठने का ब्लॉक अंत रेखा से दो मीटर दूर होता है। पुरुषों के लिए बैठने का ब्लॉक अंत रेखा से 2 मीटर दूर 1.8 मीटर होता है। जूनियर्स के लिए 1 मीटर गुणा 6 मीटर होता है।

सामान एवं पोशाक

खिलाड़ी की पोशाक, बनियान और निक्कर होती है। इसके नीचे जांघिया या लंगोट होता है। खिलाड़ी कपड़े के जूते तथा जुराब पहन सकते हैं तथा बनियान भी पहन सकते हैं। बनियान के आगे पीछे नम्बर लिखा हुआ होना चाहिए। बैल्ट सेफ्टी पिन और अंगूठियों की आज्ञा नहीं है तथा नाखून कटे होने चाहिए।

स्मरणीय तथ्य

- पुरुषों के लिए कबड्डी के मैदान का आकार 12.5 मी. गुणा 10 मी.
- महिलाओं तथा जूनियर्स के लिए मैदान का आकार 11 मी. गुणा 8 मी.
- प्रकोष्ठ की चौड़ाई 1 मी.
- बाक रेखाओं से केन्द्रीय रेखा की दूरी 3.75 मी.
- केन्द्रीय रेखा तथा अन्य रेखाओं की चौड़ाई 5 सेंटीमीटर
- पुरुष बैठक के ब्लॉक का आकार 1 मी. गुणा 8 मी.

- महिलाओं व जूनियर्स के लिए बैठने के ब्लॉक का आकार 1 मी. गुणा 6 मी.
- प्रत्येक टीम में खिलाड़ियों की संख्या 12 (बारह)
- मैच में भाग लेने वाले खिलाड़ियों की संख्या 7 (सात)
- पुरुषों के लिए मैच का समय 20-20 मिनट की दो पारी
- स्त्रियों और जूनियर्स के लिए मैच का समय 15-15 मिनट की दो पारी
- मध्यांतर का समय 5 मिनट
- टॉस जीतने वाली टीम या तो अपनी पसन्द का क्षेत्र ले सकती है या पहले आक्रमण करने का अवसर प्राप्त कर सकती है। मध्यान्तर के पश्चात क्षेत्र या कोर्ट बदल लिए जाते हैं। खेल के दौरान मैदान से बाहर जाने वाला खिलाड़ी आउट हो जाएगा।

खिलाड़ी आउट हो जाता है :

- यदि किसी खिलाड़ी के शरीर का कोई भी भाग मैदान की सीमा के बाहर के भाग को स्पर्श कर ले।
- संघर्ष करते समय खिलाड़ी आउट नहीं होगा यदि उसके शरीर का कोई अंग या तो सीधे मैदान को छुए या उस खिलाड़ी को छुए जो सीमा के अन्दर है ।
- संघर्ष आरम्भ होने पर लॉबी का क्षेत्र भी मैदान में सम्मिलित माना जाता है। संघर्ष की समाप्ति पर वे खिलाड़ी जो संघर्ष में सम्मिलित थे, लॉबी से होते हुए अपने क्षेत्र में प्रवेश कर सकते हैं।

- आक्रमण खिलाड़ी कबड्डी शब्द का लगातार उच्चारण करता रहेगा। यदि वह ऐसा नहीं करता, तो अम्पायर उसे अपने क्षेत्र में वापिस जाने का और विपक्षी खिलाड़ी को आक्रमण करने का आदेश दे सकता है। इस स्थिति में उस खिलाड़ी का पीछा नहीं किया जाएगा। आक्रमण खिलाड़ी कबड्डी शब्द बोलते हुए विपक्षी कोर्ट में प्रविष्ट होना चाहिए। यदि वह विपक्षी के कोर्ट में प्रविष्ट होने के पश्चात कबड्डी शब्द का उच्चारण करता है, तो अम्पायर उसे वापिस भेज देगा और विपक्षी खिलाड़ी को आक्रमण का अवसर दिया जाएगा। इस स्थिति में आक्रामक खिलाड़ी का पीछा नहीं किया जाएगा।

- खेल के अंत तक प्रत्येक पक्ष अपने आक्रामक बारी-बारी से भेजता रहेगा। यदि विपक्षियों द्वारा पकड़ा हुआ कोई आक्रामक उन से बच कर अपने कोर्ट में सुरक्षित पहुंच जाता है, तो उसका पीछा नहीं किया जाएगा।

- एक बारी में केवल एक ही आक्रामक विपक्षी कोर्ट में जाएगा। यदि एक साथ एक से अधिक आक्रामक विपक्षी कोर्ट में जाते हैं, तो निर्णायक या अम्पायर उन्हें वापस जाने का आदेश देगा और उनकी बारी समाप्त कर दी जाएगी। इन आक्रामकों द्वारा छुए गए विपक्षी

आउट माने जाएंगे। विपक्षी इन आक्रामकों का पीछा नहीं करेंगे। जो भी पक्ष एक समय में एक से अधिक खिलाड़ी विपक्षी कोर्ट में भेजता है उसे चेतावनी दी जाएगी। यदि चेतावनी देने के पश्चात भी वह ऐसा करता है तो पहले आक्रामक के अतिरिक्त शेष सभी को आउट किया जाएगा।

- यदि कोई आक्रामक विपक्षी कोर्ट में सांस तोड़ देता है, तो उसे आउट माना जाएगा। किसी आक्रामक के पकड़े जाने पर विपक्षी खिलाड़ी जानबूझ कर उसका मुंह बन्द करके सांस रोकने या चोट लगने वाले ढंग से पकड़ने कैंची या अनुचित साधनों का प्रयोग नहीं करेंगे। ऐसा किए जाने पर अम्पायर उस आक्रामक को अपने क्षेत्र में सुरक्षित लौटा हुआ घोषित करेगा।
- कोई भी आक्रामक या विपक्षी एक दूसरे को सीमा से बाहर धक्का नहीं मारेगा। जो पहले धक्का देगा उसे आउट घोषित किया जाएगा। यदि धक्का मार कर आक्रामक को सीमा से बाहर निकाला जाता है, तो उसे अपने कोर्ट में सुरक्षित लौटा हुआ घोषित किया जाएगा।
- जब तक आक्रामक विपक्षी कोर्ट में रहेगा तब तक कोई भी विपक्षी खिलाड़ी केन्द्रीय रेखा से पार आक्रामक के अंग को शरीर के किसी भाग से नहीं छूएगा। यदि वह ऐसा करता है तो उसे आउट घोषित किया जाएगा। यदि कोई आक्रामक बिना अपनी बारी के जाता है तो अम्पायर उसे वापिस लौटने का आदेश देगा। यदि बार-बार ऐसा करता है तो उसके पक्ष को एक बार चेतावनी देने के पश्चात विपक्षियों को एक अंक दे दिया जाएगा।
- नये नियमों के अनुसार बाहर से पकड़ कर पानी पीना फाऊल नहीं है।

जब एक दल विपक्षी दल के सभी खिलाड़ियों को निष्कासित करने में सफल हो जाए, तो उन्हें लोना मिलता है। लोना के दो अंक अतिरिक्त होते हैं। उसके पश्चात खेल पुनः शुरू होगा।

- आक्रामक को यदि अपने पक्ष के खिलाड़ी द्वारा विपक्षी के प्रति चेतावनी दी जाती है तो उसके विरुद्ध 1 अंक दिया जाएगा। किसी भी आक्रामक या विपक्षी को कमर या हाथ पांव के अतिरिक्त शरीर के किसी भाग से नहीं पकड़ सकता। इस नियम का उल्लंघन करने वाला आउट घोषित किया जाएगा।
- खेल के दौरान यदि एक या दो खिलाड़ी रह जाएं तथा विरोधी दल का कप्तान अपनी टीम को खेल में लाने के लिए उन्हें आउट घोषित कर दे तो विपक्षियों को घोषणा से पहले शेष खिलाड़ियों की संख्या के बराबर अंकों के अतिरिक्त लोना के दो अंक और प्राप्त होंगे। विपक्षी के आउट होने पर आउट खिलाड़ी उसी क्रम में जीवित किया जाएगा, जिसमें वह आउट हुआ है।
- खिलाड़ियों के साथ भी मैच आरम्भ किया जा सकता है परंतु जब 5 खिलाड़ी आउट हो जाएं, तो हम पूरा लोना अर्थात् 52 (खिलाड़ियों के 1-5 अंक और 2 अंक लोने के) अंक देते हैं। जब खिलाड़ी आ जाएं तो वे टीम में डाले जा सकते हैं।

कबड्डी के अन्य नियम

प्रत्येक पक्ष में खिलाड़ियों की संख्या बारह होगी। एक साथ मैदान में सात खिलाड़ी उतरेंगे। खेल की अवधि पुरुषों के लिए 20 मिनट तथा स्त्रियों व जूनियरों के लिए 15 मिनट की दो अवधियां होंगी। इन दोनों अवधियों के बीच 5 मिनट का मध्यांतर होगा। प्रत्येक आउट होने वाले विपक्षी के

लिए दूसरे पक्ष को एक अंक मिलेगा। लोना प्राप्त करने वाले पक्ष को दो अंक मिलेंगे। खेल की समाप्ति पर सबसे अधिक अंक प्राप्त करने वाले पक्ष को विजयी घोषित किया जाता है।

- ग्रन्थि होने पर पांच-पांच मिनट की दो अतिरिक्त अवधियों के लिए खेल होगा। इन अवधियों में खेल दूसरे अर्द्धक के अंत वाले खिलाड़ी जारी रखेंगे।
- यदि 50 मिनट के खेल के पश्चात टाई हो तो वह टीम जीतेगी, जिसने पहले अंक प्राप्त किया हो।
- जब एक टीम के सारे खिलाड़ी आउट हो जाएं, तो विरोधी टीम को 2 अंक अधिक मिलते हैं। उसको हम लोना कहते हैं। प्रतियोगिता के दो प्रकार होते हैं।
- नाक आउट में जो टीम हार जाती है, वह टीम प्रतियोगिता से बाहर हो जाती है। लेकिन लीग में यदि कोई टीम हार जाती है, वह टीम बाहर नहीं होगी। बच्चों! हमने संक्षेप में जो जानकारी दी है आशा है आप उन्हें याद रखेंगे।

•••